小学館文庫

蟲愛づる姫君

寵妃は恋に惑う

宮野美嘉

小学館

目次

蟲愛づる姫君
寵妃は恋に惑う

序章

短い夏を迎えた魁《かい》国の王宮では、その日も幸福な光景が繰り広げられていた。

青空の下、緑の生い茂る庭園の中に、一人の女と二人の幼子が眠っている。

女の名は李《り》玲琳《れいりん》。大陸随一の大帝国斎《さい》の皇女であり、魁国王へ嫁いできた王妃だ。

嫁いで早八年。玲琳の傍《そば》には第一王女である娘の楊火琳《ようかりん》と、第一王子である息子の楊炎玲《えんれい》が、猫のように丸まって眠っているのだった。二人はいずれも五歳になる。

圧倒的な美貌を誇る二十三歳の王妃と、美しさと愛らしさを固めてこの世に生まれ落ちたかのような二人の幼子。

彼らの周りは赤や緑や黄色や青……美しい色彩に彩られ、まるで絵画のごとき幸福な美を体現しているのだった。

そんな彼らから少し離れたところに女官が集まって、ひそひそと話し合っていた。

「そろそろお起こししなくちゃ……」

「でも……私、無理だわ」

「そんなの、私だってできないわよ」

「でも、天気がいいからどんどん暑くなってるし、このまま放っておくのはお体に良くないわ」

眠る主を起こすことをはばかり、彼女らは困っているのだった。

そこへ、一人の男が草を踏み分け颯爽《さっそう》と現れた。

女官たちは男を見て喜びに顔を輝かせる。

男の名は楊鍠牙《こうが》。玲琳の夫にして魁国の王である。

「陛下！　いいところに来てくださいました！」

「どうか私たちをお助けくださいませ！　どうか！」

女官たちは必死にすがる。救世主を前にしたかのようなすがりっぷりだ。

「どうした？」

鍠牙は端整な顔に苦笑を浮かべて彼女たちをなだめ、そこに広がる色彩豊かで美しい光景を目の当たりにすると鷹揚《おうよう》に頷《うなず》いた。

「ああ、なるほどな……」

「私たちには無理です。お妃様《きさき》をお起こしするなんてとても……」

「分かった分かった、俺が起こそう」

鍠牙は躊躇《ためら》いなく妻と子供たちに近づいた。

女官たちが職務を放棄しているからといって責めるのは酷であろう。

玲琳と子供たちを取り巻いている色彩豊かなもの――それは極彩色の巨大な芋虫の群れであった。煌《きら》びやかにうごうごと蠢《うごめ》き、彼らの体を這《は》いまわっているのである。絶叫して即座に逃げないだけ、女官たちはまだ胆《きも》が据わっているといえよう。

鍠牙は遠慮なく彼らに近づくと、傍にしゃがんで玲琳の体を這っている紫色の芋虫をひょいと抱えてどけた。ひょいひょいと次々に芋虫をどけてゆく王を見て、女官たちは吐きそうに口元を覆った。

「姫、皆が心配している。そろそろ目を覚ましてくれ」

鍠牙は玲琳の頬をひたひたと叩《たた》いた。すると彼女は目を開け、鍠牙を認識し、己の姿を認識すると不快そうに目を眇《すが》めた。

「私の蟲《むし》を勝手に動かしたのはお前？」

玲琳は顔の横を這っている蟲を愛《いつく》しむように撫《な》でながら鍠牙を睨《にら》み上げる。

この世には蠱師《こし》というものがいる。

百蟲を甕《かめ》に入れて喰《く》らい合わせて残った一匹を蠱《こ》とし、人を呪う術者のことだ。

李玲琳は紛れもなく斎の皇女として生まれながら、蠱毒《こどく》の里出身の蠱師を母に持つ正真正銘の蠱師であった。

「こんなところで寝ていると熱にやられてしまうぞ」

魁の夏は短く涼しいが、それでも晴天の下で長時間寝ていれば具合も悪くなろう。

しかし玲琳は寝転がったままふんと鼻を鳴らした。

「この子たちが熱を吸い取ってくれるから心地よく寝ていたというのに」

「なるほど、どうりで冷たい蟲だと思った」

鍠牙は納得したように言い、芋虫の背に触れた。

「私の眠りを妨げるなんて罪深い男だこと」

「ならば姫、どのようにお詫《わ》びいたしましょうか」

怒りの眼差《まなざ》しを向ける玲琳に、鍠牙は己の胸を軽く押さえて礼をする。

「そうね……ちょうど新しい造蠱法《ぞうこほう》を試してみたいと思っていたところだから、お前の毒を……」

「ここではしないからな」

鍠牙は玲琳の言葉を遮ってきっぱりと言った。

玲琳はくすっと笑って手を伸ばす。

「仕方がないわね。ならば起こして。私と子供たちを連れていってちょうだい」

「三人まとめて運べとでも？」

「できないかしら？」

「愛《いと》しい姫よ、俺はあなたと子供たちが何より大切だが、それは無理な相談だ。二本しかない手で三人は運べない。俺は百足《むかで》じゃないんでな。子供たちだけ運ぶから、あなたは歩いて戻ってくれ」

にこりと微笑《ほほえ》まれ、玲琳はいささかむくれた。

「ならば起きないことにするわ。毒に囲まれて眠るのは私の安らぎなのだから」

ふうっと息を吐いて目を閉じる。鍠牙は子供たちに群がる蟲をどけようとしていたが、しばしその手を止めて——突然玲琳に覆いかぶさり唇を重ねた。

いささか驚いて目を開けた玲琳に、鍠牙は間近で囁《ささや》く。

「皆が心配しているから起きてくれ。俺が欲しければ後で好きなだけ貪《むさぼ》ればいい。これは一つ残らずあなたのだ」

軽く己の胸を指してそう言うと、また子供たちの方を向き——そこで鍠牙は凍り付いた。寝ていたはずの炎玲が、目をぱっちり開けて両親を見ていたのである。

「バカねえ、炎玲。寝たふりしてなくちゃダメじゃないの」

姉の火琳も薄目を開け、炎玲の袖を引く。

「おはよう、二人とも。皆が心配しているから、そろそろお部屋に戻ろうな」

鍠牙は凍結から一瞬で解凍してみせると、何もまずいものなど見られてはいないというように笑いかけた。

「はあい、お父様」

「お部屋につれていってください、お父様。でも、お母様だけあるかないといけないのはかわいそうだから、お母様もいっしょにつれていってあげて」

「しっ！　聞いてたことがバレちゃうでしょ！」

火琳は小声で弟の耳を引っ張る。

そこでずっと陰に控えていた二人の男が近づいてきた。

「じゃあ、炎玲様のことは俺が運びますよ」

ばしんと自分の胸を叩いてそう言ったのは、炎玲の護衛役である風刃《ふうじん》という男だ。人懐っこく目立つ男で、王宮一の遊び人と名高い。

「ならば私が火琳様をお連れいたします」

恭しく礼をしたのは火琳の護衛役である苑雷真《えんらいしん》である。端整な顔立ちに生真面目な表情を浮かべ、王宮一の美男子と名高い。

「……僕はお父様がいいな。いそがしいお父様が僕らといっしょにいてくれるなんてあんまりないもの」

「私もお父様がいいわ。お前たちは四六時中私たちの傍にいるんだから、こんな時くらい出しゃばらないで引っ込んでなさいよ」

王子と王女にすげなく拒否され、二人はたちまち目に見えてしょげた。

その様子を寝転がったまま眺めていた玲琳はけたけたと笑いながら起き上がった。

「仕方がないわねえ……私は自分の足で歩くことにするわ。お前たち無力な男どもに、私を背負う覚悟はないでしょうからね」

地面に胡坐《あぐら》をかいて軽く頰杖《ほおづえ》を突き、三人の男たちを順繰りに見やる。

誰も何も言葉を返さぬと見て、玲琳は立ち上がった。

「さあ、戻りましょう」

そう言って先頭を切り歩き出す。

火琳と炎玲は鍠牙の腕に抱かれ、雷真と風刃は手持ち無沙汰に、それぞれ玲琳のあとをついて歩き出したのだった。


玲琳が戻ってきたのは鍠牙の部屋だった。玲琳は自分の部屋に鍠牙を入れぬと心に決めているため、必然的に家族で集まるのは鍠牙の部屋ということになる。

部屋の前へ着くと、ちょうど見知った男と鉢合わせた。

「陛下、お妃様、少しご相談が」

そう言いながら礼をしたのは、鍠牙の側近である姜利汪《きょうりおう》だった。

「どうした、利汪」

鍠牙が子供たちを抱きかかえたまま聞くと、彼は鍠牙を中へと誘《いざな》った。

「とりあえず中へお入りください」

玲琳がそれに続き、護衛役の二人が外に控えていると告げたところで、何故《なぜ》か利汪は雷真を呼び止めた。

「君も入ってくれ」

雷真は一瞬不思議そうな顔をしたものの、すぐに表情を引き締めて鍠牙の部屋へと入ってきた。そして呼ばれてもいない風刃がちゃっかりそれに続いて入ってくる。

「相談というのは何だ？」

鍠牙は子供たちを下ろし、改めて尋ねた。すると利汪は姿勢を正し、少し迷いを見せながら言った。

「苑家の当主が、お妃様を領地へお招きしたい……というのです」

苑家——その名に玲琳は覚えがあった。火琳の護衛役である男と——今まさに利汪が同席を求めた男と——同じ名だからだ。

「どういうことだ？」

あまりにも内容が足りていない側近の説明に、鍠牙が怪訝《けげん》な顔をした。

「使いの者の話によりますと、何でも当主の母君がお妃様にぜひともお会いしたいとのこと。ですが苑家当主の母君は……長年病に臥《ふ》せっておられ、もはや都を訪れることができないそうなのです。自身の命が尽きる前に、一度でいいから蠱師であるお妃様にお目通りをとお望みです」

その言葉に玲琳は耳を疑った。

「蠱師である私に……ですって？　それはつまり、その女は蠱術《こじゅつ》に関心があるということ？」

生まれ育った斎と違って、ここでなら蠱術の美を理解する人間と出会えるのではと期待して嫁ぎ早八年。今まで純粋に蠱術への好意を示した人間は皆無である。護衛役の風刃は蠱師の玲琳を慕っているが、彼は気持ち悪いものが好きだという一風変わった嗜好《しこう》を持っているから、純粋に蠱術を賛美しているとは言い難い。しかしとうとう探し求めた相手が現れようとしているのではと、玲琳の胸は高鳴った。

「使いの者が言うにはそういうことのようです」

答える利汪も懐疑的な気配を滲《にじ》ませていた。

「蠱師であるお妃様に関心を抱くなどという奇矯な人物が我が国にいるとはとても思えないのですが、苑家といえば魁でも屈指の名門貴族……それも病に臥せる御母堂からの望みとあれば、軽々に無視することはできません」

丁寧な口調で無礼千万なことを言う。しかし玲琳は利汪の無礼を輝く瞳で受け流し、己の胸を押さえた。

「行くわ。蠱師である私に会いたいというのでしょう？　私もぜひ会いたいわ、行きましょう。いつがいいかしら？　今すぐかしら？」

玲琳が声を弾ませてそう問いかけた途端――

「お待ちください！」

部屋中に声を響かせたのは話を持ってきた利汪ではなかった。同席を求められながらも後ろに控えていた護衛役の雷真である。彼はいつもの険しい表情をもう五段階ほど険しくして、玲琳を見据えていた。

「そのような話、私は聞いておりません」

ぐっと眉間にしわを寄せて、責めるかのように彼は言う。

玲琳は首をかしげて考えた。

「苑家というのは、お前に関わる家なの？」

「…………私の生家です」

苦いものを滲ませた声で言われ、玲琳はなるほどと納得した。彼がこの場に同席を求められた理由がようやく分かったからだ。しかし彼が不快を示す理由はいまだ不明である。そう――彼は明らかに不快を示していた。

「つまり苑家の当主というのは……」

「……私の兄です」

「そう……意外だわ、お前の母親が蠱術に関心を持っているなんて」

いささか面白そうに玲琳は口の端を持ち上げた。この男は――王宮に六年以上仕え続けているこの男は――王妃である玲琳を心底嫌っている。彼は蠱術が嫌いなのだ。人を呪う術を正しくないと断罪し、それを扱う玲琳を厭《いと》う。その彼の母親が蠱術に関心を持つなど、思いもよらぬことではないか。玲琳の好奇心と対照的に、雷真の表情は曇る。

「母の言うことなど無視していただきたい。お妃様が赴く必要などありません」

彼がそうきっぱりと言った瞬間、玲琳の表情は凍った。

「……なんですって？　お前、今私に何と言ったの？」

底冷えのするその声に、室内の全員が息を呑《の》んだ。

「雷真……私はお前が可愛《かわい》いわ、お前のことがとても気に入っている。でもね……私の行動を制限する権利など、私はお前に一度だって与えた覚えはないわ」

酷薄に告げる玲琳に、雷真は歯を嚙《か》みしめた。

そこで玲琳はふっと視線の圧を下げる。

「でもまあ……理由くらいは聞いてあげよう。何故私をお前の生家へ行かせたくないの？　不都合でもあるのかしら？」

小首をかしげて問うと、雷真はぐっと眉間にしわを寄せた。

「苑家の領地は斎に近く、斎の文化に影響を受けています。故に、都より遥《はる》かに蠱師を嫌悪する気質が強い。領民全てがお妃様を穢《けが》れた悍《おぞ》ましい怪物と呼んで厭うことでしょう」

無礼と言うべきか真っ当と言うべきか……その答えに玲琳はきょとんと目を丸くし、隣に立っていた鍠牙がぶはっと吹き出した。

「ははは！　なるほど、好きこのんで自分を厭う土地へ行く必要もなかろうよ、姫」

玲琳は笑う夫を流し目で見上げる。

「私が傍にいないと寂しいの？」

「当たり前だろう？　俺に一人の夜を過ごせと言うのか？」

「そうね、お前は私がいなければ安らかに眠れないのだものね」

納得げに言いながら、しかし玲琳は続ける。

「でも、私は行くわよ。ここのところ蠱毒の里からも便りがないし……退屈していたのよ。蠱術に関心がある女に会ってみたいわ」

「ねえねえ、お母様。私たちは？」

そこで娘の火琳がくいくいと玲琳の衣の裾を引いた。

「私と炎玲はお供しちゃいけないの？」

愛くるしい瞳をキラキラと輝かせて火琳は玲琳を見上げる。

「あら、お前たちも行きたいの？」

「行きたいわ！　知らない場所へ遠出してみたいもの」

「僕もいきたいです」

子供たちは口々に言う。

「そう？　ならば三人で一緒に行きましょう」

「わあ！　ありがとう、お母様」

「ありがとうございます！」

「おい……お父様を無視してずいぶん酷《ひど》いじゃないか」

きゃっきゃとはしゃぐ三人に、鍠牙は腕組みして怖い顔をしてみせる。

「あら、心配することはないわ。護衛はちゃんと連れていくもの」

「あなたに俺の心配をするという気持ちはないのか？」

誇らしげな玲琳の言葉に、彼は苦笑いした。

「愚かねえ、私がお前を心配してやる日など永久に来ないと知っていて、そんな問いかけをしてくるなんて」

「お父様、ごめんね」

上目遣いに愛らしく火琳が。

「お父様、おみやげもってかえってあげますね」

真剣に心を込めて炎玲が。

子供たちの眼差しを受けて、鍠牙は深々とため息をついた。

「仕方がないな……俺は一人寂しく過ごすとしよう」

それを聞いた雷真はきつく拳を握って苦渋の表情を浮かべていた。


玲琳と子供たちが遠出することが決まると、鍠牙は仕事へ戻り、一人書庫にこもっていた。

すると、いつもは火琳から離れない護衛の雷真が思いつめた顔で書庫へ入ってきた。

「何か用か？」

鍠牙が問うと、雷真はしんと静まり返った書庫でしばし逡巡《しゅんじゅん》し、口を開いた。

「お妃様と火琳様と炎玲様を苑家の領地へ向かわせるのはおやめください」

「残念だが、妃を止められる者はこの国にいないな」

鍠牙は書架の書物を引き抜きながら苦笑する。

「ですが本当に、我が領地は蠱師を嫌悪する土地柄なのです。火琳様と炎玲様の身に万一のことがあれば……」

そこで玲琳の名を出さないところが彼だった。

「そもそも陛下は、お妃様が遠出なさるのを普段あまり歓迎なさらないというのに、なぜ今回に限ってお許しになったのですか？」

「妃が退屈しているようだったからな、気分転換にいいと思ったまでのことだ」

「そのような理由で危険なことを……」

「雷真、俺はお前の秘密を知っている」

唐突に鍠牙はそう言った。雷真は一瞬何を言われたのか理解できなかったように呆《ほう》け、しかし次第に顔色を変えた。

「それは……どういう……」

「お前を火琳の護衛役に定めたとき、お前の身辺は徹底的に調べ上げた。お前の従妹《いとこ》……彼女のことも無論知っている。だが安心しろ、知っているのは調査に関わった者だけだし、きつく口止めをしてある。秘密が漏れることはない」

淡々と告げる鍠牙に、雷真は何も言葉を返さない。立ち尽くす彼の額や首に、汗の玉がいくつも生じる。

鍠牙はふっと笑った。

「俺が怖いか？　雷真」

「っ……そのようなことは……」

「そうか、子供らの護衛をよろしく頼む」

そう言って、鍠牙は書物をいくつか抱えて書庫を出た。

雷真は身動きもせずその場に立ち尽くしていた。


「何か企《たくら》んでいるの？」

その夜、玲琳は寝台に転がって夫に尋ねた。

「お前があんなにあっさり私たちの遠出を許すとは思わなかったわ」

部屋の主である鍠牙はそう問われ、寝台に上りながら笑った。

「別に何も企んではいないさ」

「へえ、そう……珍しいわね、お前がこんな見え見えの嘘《うそ》を吐《つ》くなんて。私が見抜くと最初から分かっていてこんな嘘を吐くということは……私を苑家の領地へ行かせたい特別な理由でもあるのかしら？」

玲琳は仰向《あおむ》けになり、傍らに座っている鍠牙の頰をつねる。

「痛いよ」

「そうよ、痛いことをしているの、悪い子のお前にね。さあ、言いなさい、何か隠しているのでしょう？」

「さてね……何のことだか」

どうあっても言うつもりはないらしい。玲琳は彼の自白を諦めた。観察してみるに、鍠牙はいつも通り落ち着いていて、別段異常はないと見える。彼自身に何かしら深い問題があるわけではないようだが、彼が自分と妻子以外のことで心を揺らすことなどまずありえない。強いてあげるなら母親のことだが……それならばこんな風に平静は保てていまい。

「まあいいわ、お前がどうしようと私が苑家の領地へ行くことは変わらないもの。この地で初めての理解者を得る機会を、邪魔したりしないでね」

「ああ、俺にあなたを止められるほどの力はないからな。一人取り残される憐《あわ》れな男をせめて今夜くらい慰めてくれ」

鍠牙は横たわる玲琳の頰に手を触れた。

「私がお前を……？　いいえ、違うわ。お前が私を毒の海に溺れさせるの。私がお前の望みを叶《かな》えるために動くことなどありえないと、いったいいつになったら学ぶのかしらね」

にたりと笑い、玲琳は鍠牙を引き寄せた。彼はその細腕に少しも逆らうことなく玲琳の上に下りてきた。覆いかぶさる逞《たくま》しい体軀《たいく》に手を這わす。

「さあ、私をお前に溺れさせてちょうだい」

そうして夜は更けていった。

第一章　忠臣たちの恋煩い

数日後、玲琳は子供たちと供の者たちを率いて馬車に乗り込み、王宮を後にした。

鍠牙は仕事忙しいとかで見送りには来ない。

彼が来ないことはなんとなく予感していた。たぶん、子供たちにまともな父親の仮面の内側を覗《のぞ》かせてしまう行為を彼は恐れたのだ。玲琳と距離を空ける必要がある時、楊鍠牙という男は大抵そうなる。

子供たちはたいそうがっかりしていたが、出立するとすぐ上機嫌になり、外の景色を見てはしゃいでいた。

玲琳はひとところに閉じこもることを苦に感じる性質ではないから王宮の外へ滅多に出られずともさして困りはしないが、それでも久々に見る山の風景は美しく胸の中へ届いた。青々とした草木の中に、まだ知らぬ毒物が潜んでいるやもしれぬと思うと心が弾む。

さて……苑家の当主の母とはいったいどのような女であろうか……玲琳の生み出す

蟲と毒の美しさを解し、共に感動してくれる同志となり得ようか……

そんな思いを抱きながら、玲琳は馬車の音に耳を傾け続けたのだった。

いくつもの宿を経由し、目的地へたどり着くまでは何日もかかった。

苑家の領地は魁国と斎帝国の境にあり、魁の王都より南に位置する街だった。

そこは斎との交通の要所であり、貿易が盛んにおこなわれているとかで、ずいぶん豊かであると聞く。

馬車で七日ほど旅した末に、玲琳一行は苑家の領地へと入る。

田園地帯を抜けると一気に建物が増え、次第に村から街へと様相が変わってゆく。

街の通りはずいぶんと賑《にぎ》わっていて、魁の王都に匹敵するのではないかと思われた。ここは話に聞いた通り、ずいぶんと豊かな土地なのだ。

馬車は一番大きな通りを進んでゆき、そこを突き抜けて閑静な場所に構えられた大きな屋敷へとたどり着いた。

門が開くと、馬車は屋敷の中へと入っていった。停車し、外から扉が開かれると、玲琳は優雅な足取りで外へ出た。吹き抜けるぬくい風を肺いっぱいに吸い込み、ゆっくりと吐き出す。

「お母様、ここが雷真のおうちなの？」

あとから降りてきた火琳が、好奇心の火を灯《とも》した瞳できょろきょろと辺りを見回した。

「どうやらそのようね。間違いないかしら？　雷真」

玲琳は騎馬で供をしていた雷真を振り返る。

彼は険しい顔で下馬し、不愉快そうなため息をついた。

「ええ、私の生家です」

雷真の声は暗かった。ここへ来るまで、彼はずっとこの調子だ。表情も思いつめたように陰気で、明らかに様子がおかしい。そうとう家に帰りたくない事情でもあったのか、或《ある》いは玲琳をここへ連れてきたくなかったのか、或いはその両方か……

「てめえはマジで本物の坊ちゃん育ちだったんだな」

けっと吐き捨てるように言ったのは、これまた騎馬で供をしていた風刃だ。むしろ見下すような目で屋敷を眺めまわす。

「それが何の因果でお姫様の御守《おも》りなんぞしてるんだか」

その言葉に雷真はぎろりと目を上げた。同僚の嫌味に対する闘争心がいささか活力を取り戻させたらしかった。

「王女殿下と王子殿下の護衛をその程度にしか思えないのなら、今すぐ護衛役などやめるべきだ。貴様にはこの重要な役割を担う資格などない」

「はあ？　てめえは誰に物言ってんだ？　俺以外の誰が炎玲様の護衛をやれるってん

だよ、言ってみろ」

今にも取っ組み合いを始めそうな両者を眺め、玲琳は声を張った。

「二人ともおやめ！　いい子でお座りしていなさい」

高慢に言う玲琳に、雷真はムッとしたように口を曲げ、風刃は「はい！」と良い返事で膝をついた。

そこへ苑家の家人たちが現れ、いったい何を騒いでいるのかと怪訝な顔をする。

「もう！　お妃様、いきなり騒ぐのやめてくださいよ」

ぷんすか怒っているのは、馬車に同乗していた女官の葉歌《ようか》である。その傍らには子供たちのお付き女官である秋茗《しゅうめい》もいて、炎玲を馬車から下ろしていた。

「私が騒いだのではないわ。私の犬たちが可愛くじゃれ合っていただけよ」

「聞き捨てなりませんね、私は犬などではありません」

不愉快そうに眉間の皺《しわ》を深めて雷真が言う。

「俺も聞き捨てなりませんね、あなたの犬の称号は俺だけのもののはずだ」

風刃もこれまた不愉快そうに眉をつり上げ、親指で己の胸を指した。

そのやり取りを見て、苑家の家人たちはますます訝《いぶか》しげな顔になる。

雷真はそれに気づいてはっとし、咳払《せきばら》いして彼らに告げた。

「騒いですまない。王妃殿下と王女殿下と王子殿下のご到着だ、案内を頼む」

すると先頭にいた年嵩《としかさ》の侍女がほっと表情を緩めた。

「ああ、お帰りなさいませ、ぼっちゃま。ええと……本当にこの方が王妃様でいらっしゃるのですか？」

侍女は小声で雷真に確認するが、その声は玲琳にもすっかり聞こえていた。

「ええ、まぎれもなくこの私がお前たちの呼んだ蠱師よ」

話を聞かれてしまった侍女は怯《おび》えたように身震いした。

周りの侍女たちも嫌悪と恐怖の色をもって遠巻きに玲琳を見ている。なるほど雷真の言った通り、この辺りは蠱師を厭う文化が根付いているようだ。

「いったいどうして奥方様は、このような恐ろしい方を……」

「お体が弱っているせいで、取り乱しておられるのやも……」

恐れ戦《おのの》きながらひそひそと話し合う侍女たちに、玲琳一行は屋敷の中へと招き入れられた。

苑家の当主である雷真の兄は現在留守で、代わりに雷真の母が挨拶をしたがっているという。彼女は体調が悪く大勢の客人とは会えないとかで、玲琳は一人で挨拶に向かうこととなった。

雷真は自分も行くと言い張っていたが、どうしてもと言われて渋々折れる。

「では、みなおとなしくしていなさいね」

玲琳は一同にそう言いつけると、侍女に案内されて屋敷の最奥へと足を進めた。

そこは静かな部屋だった。

侍女たちがそっと扉を開けると、玲琳は部屋の中へ足を踏み入れた。

広々とした部屋の中は華麗に調えられており、病人の部屋とは思えぬほど色鮮やかで、見慣れぬ異国の気配が強く漂っていた。

しかしその色彩に反して世界から隔離されたかのような静けさが部屋の中を満たしており、空気が淡い。

時の止まった音がする……清《さや》かな風の音に耳を澄まして玲琳はそう思った。

部屋の奥――豊かな庭の見える窓際に、大きな寝台が置かれている。そこに、一人の女が横たわっていた。

女は玲琳が入室した音に気付いてゆっくりと上体を起こした。

か細い……あまりにも弱々しい女だった。歳《とし》は四十頃だろうか、肩も胸も腕も全てが薄く細く、今にも消えてしまいそうなほどだ。ただ、その容貌は美しく、王宮一の美男子と呼ばれる雷真と目鼻立ちがよく似ていた。

玲琳は息を詰めてしばし女を見つめた。

すると、女は玲琳をじっと見つめ返し……重い体を引きずるように寝台から出た。床に跪《ひざまず》き、深く頭《こうべ》を垂れる。

「……お会いしとうございました……お妃様……」

祈るように口の前で両手を合わせ、そう呟《つぶや》く。

玲琳は静かに足を進め、彼女の目の前にしゃがみこんだ。

「私に会いたがっているというのはお前ね？　名は？」

「苑……夏泉《かせん》と申します」

女——夏泉は名乗りながら頭を上げた。

彼女の瞳はキラキラと輝き、そこには憧れという名の星が宿っている。

「夏泉、何故私に会いたがったの？　蠱術に関心を持っているというのは本当？」

「はい、ずっとあなた様にお会いしとうございました。蠱師のお妃様……あなた様の扱う蠱術を、一度でいいからこの目で見てみたかったのです」

うっとりと微笑まれ、玲琳は鼓動を速める。こんな風に蠱術への憧れを語る女は初めて見た。

「そう、なら見せてあげるわ」

玲琳は軽く手を上げる。袖口から這い出てきた双頭の蛇が、しゅるしゅると青い舌を出す。夏泉は息を呑んで口を押さえた。

「ああ……これがお妃様の蠱……何と美しいのでしょう……」

彼女の声は歓喜に震えていた。紙のように白かった頬には赤みがさして、細い体に生気が満ちる。

「これはどうやって生み出すのですか？　やはり甕で育てるのですか？」

少女のごとく目を輝かせながら、夏泉はあれこれと質問してきた。玲琳はしゃがみこんだままその問いに答えてやる。自然と声が弾み、笑みが零《こぼ》れる。

何という不思議な女だろう……玲琳はすっかり彼女が気に入ってしまっていた。

二人の会話はかなり長いこと続いた。

「私の母は飛《ひ》国の生まれなのです」

話の途中、夏泉はそう言った。

「母は生まれ故郷を誇りに思っていましたから、私も昔から飛国の文化で育ちました。嫁ぐときにもそれは捨てられず、こうして今でも飛国風の設《しつら》えや衣装を……」

何故急に故郷の話が出てきたのかと訝る玲琳に、夏泉は真剣な顔で告げる。

「実は、蠱師のお妃様に一つお願いしたいことがありますわ」

つられて玲琳も真顔になった。

「お妃様にただお会いしたかったのはもちろんですが、蠱師であるあなた様にお願いしたいことがあって、厚かましくもお招きしたのでございます」

そう言われ、玲琳の胸中にはさっきまでと違う高揚感が湧き上がった。

「ああ、お前は私の依頼主だったのね。いいわ、話を聞こう。私に何を依頼したいの？　蠱術で人を呪いたい？」

「はい、お妃様にぜひとも呪っていただきたい者がおります。そのため、申し訳なくもお妃様お一人にこの部屋へ来ていただきました」

夏泉はわずかに声を潜めた。誰にも聞かれてはならぬ密談のように……。それが意味するのはもしや――

「私が伴った者の中に、呪いたい相手がいる……とでも？」

すると彼女は鹿爪らしく首肯した。

「はい、呪っていただきたい相手は私の息子、雷真でございます」

そう告げられ、玲琳はとっさに言葉を返すことができなかった。

雷真は王宮に仕えている護衛官という立場のくせに、玲琳のことを毛嫌いしていていつも態度が悪い。しかし断じて言うが、玲琳はそんな彼をたいそう可愛く思っている。故に、どう依頼されようが玲琳が雷真を呪殺するなどということはありえないのだ。彼を殺してほしいと頼まれれば、玲琳は即座にそれを断るだろう。

「夏泉、私に雷真をどうしろというの？」

玲琳は剣呑《けんのん》な目つきで目の前に跪く女を見据えた。夏泉は一呼吸置き、重大なことを告げるかのような慎重さで唇を開いた。

「雷真に……惚《ほ》れ薬を飲ませていただきたいのです」

途端、玲琳は目が点になった。何を言われたのかはっきりと認識するまで、いくばくかの時間を要した。

「惚れ薬……？」

猜疑心《さいぎしん》を滲ませて確かめる玲琳に、夏泉は真剣な顔で頷いた。

「はい、お妃様は以前にも一度息子に惚れ薬を飲ませたとうかがっております」

全く心当たりがない玲琳は訝しげに眉を顰《ひそ》めたが、すぐに彼女の言わんとすることを把握した。この女は勘違いしているのだ。

六年前、確かに雷真は惚れ薬を飲まされたことがある。しかしそれは玲琳が飲ませたものではなく、玲琳の祖母であり、蠱毒の里の里長《さとおさ》であるこの世で最も偉大な蠱師──月夜《つくよ》が仕込んだものだ。雷真はまんまとその毒にやられ、玲琳に惚れてしまったのである。夏泉が言っているのはそのことに違いない。

しかし夏泉は勘違いとも知らず目を輝かせて玲琳に詰め寄った。儚《はかな》げな体に生気の炎が灯る。

「実は、あの子は昔から毒や薬が効きづらい体質で、私が飲ませた惚れ薬は全く効かなかったのです。それなのに、お妃様が造蠱なさった惚れ薬だけは効いたとか……。ですからどうかお妃様……あの子にもう一度惚れ薬を飲ませてくださいませ」

玲琳はいささか困り、首を捻《ひね》った。

「お前はいったいぜんたい、どういう理由で息子に惚れ薬など飲ませようというの」

「それはもちろん、あの子を結婚させたいからです」

はっきり答えられ、玲琳は目を丸くした。驚く玲琳に夏泉は畳みかける。

「雷真には許嫁《いいなずけ》がいるのですわ」

これまた予想外の話で、玲琳は度肝を抜かれる。

「許嫁の名は珠理《しゅり》といいます。珠理は私の兄の娘で、雷真にとっては従妹にあたる娘ですわ。珠理は幼い頃に両親を亡くしておりますので、私たちが引き取ることになり、それからあの子はこの屋敷で雷真と共に育ちました。私は珠理のことを、本当の娘みたいに可愛く思っているのです。ですからぜひとも雷真の妻にと思い、昨年縁談を決めたのですわ。幼い頃からずっと、二人はとても仲が良かったのですもの。それに何より、飛国では従兄妹《いとこ》同士を最良の結婚相手としています。あの二人は生まれたときから結ばれることが決まっていたも同然なのです。それなのに……」

夏泉はぎゅっと眉根を寄せ、膝のあたりを握り締めて衣にもしわを寄せた。

「雷真はその縁談を嫌がって、結婚はしないと言い張っているのです。里帰りの折に惚れ薬を飲ませてみたのですが効き目はないし……あの子がどういうつもりでいるのか……私には理解できません。雷真の妻には珠理以外考えられないのです。ぜひ、私の命が尽きる前にあの子を無事結婚させたい。そうしなければ亡き母にも顔向けができませんわ。お妃様、どうか雷真が結婚する気になるよう、惚れ薬を飲ませてくださいませ」

そう言って彼女はまた深々と頭を下げた。玲琳は呆気《あっけ》に取られてもう言葉もなかった。しばしそのまま放心し、一つ深呼吸して答える。

「少し時間をちょうだい」

「はい、良いお返事を期待しております」

そうして玲琳は夏泉の部屋を後にした。

いったい自分は何を依頼されたのかと、未《いま》だ混乱している。何という奇矯な女だろうか……さすがは雷真の母親だ。

そんなことを考えながら、侍女に案内されて客間へ向かっていると、

「なんだかおかしなことになっちゃいましたわね、お妃様」

妙に浮かれた声が背後から聞こえ、玲琳は歩きながらちらちらと後ろを向いた。

いつの間にか女官の葉歌がそこにいた。この女官はただの女官ではない。斎の女帝から密命を受けた間諜《かんちょう》であり、蠱毒の里の里長からもまた密命を受けている暗殺者でもあるのだ。

そんな凄腕《すごうで》の暗殺者が、うきうきと声を弾ませて話しかけてくる。

「それで、どうなさるおつもりですか？　本当に惚れ薬を飲ませてしまうんですか？

そんなことになったら、秋茗さんや風刃さんも黙ってはいないかもしれませんよね。やだもう……修羅場だわ」

楽しげににまにまと笑いながら、恋の話や醜聞が大好きな女官は囁く。

「面倒だこと。私はそういうことに不向きだというのに……愛だの恋だのというものは、才能のある人間に任せておけばいいのよ。私に頼まれても困るわ」

「まあ、珍しい。お妃様が蠱術の依頼をそんな風に言うなんて」

「雷真を呪い殺せと言われた方がまだ簡単だったわ、断ればいいだけだもの」

「今回だって、嫌なら断ればいいじゃないですか」

「……そうね、だけど……私にはこれが断るべき依頼かどうか判断がつかないのよ」

「あらまあ……うふふ、存分に迷えばいいじゃないですか。そんなお妃様は珍しいですもの。私も今回は役目を忘れてのんびりこの騒動を楽しませていただきますわ」

イキイキした様子で無責任なことを言う女官をじろりと睨み、玲琳は強く短くため息をついた。

用意された客間に案内されると、そこには王女と王子を始め、彼らを守る護衛官と女官が勢揃《せいぞろ》いしていた。

広い部屋は華やかかつ色彩豊かに設えられており、大きな長椅子に女官の秋茗が座って火琳と炎玲を膝に眠らせている。そして少し離れた場所に雷真と風刃が直立で控えている。

彼らは、玲琳が現れると一斉に振り向いた。

「お妃様、母の様子はどうでしたか？」

真っ先にそう聞いてきたのは雷真だった。その表情は酷く心配そうだったが、母を案じているというには険しすぎて、何か別のことを案じているようにも見えた。玲琳はそこでピンときた。彼の母である夏泉は、息子に惚れ薬を飲ませたことがあると言っていた。それを雷真が自覚していたとしたら、雷真はもしかすると今回母が玲琳を呼び出した目的を察しているのかもしれない。母が玲琳を使っておかしなことをするのではないかと、彼は案じているのでは……？

玲琳は思わずふっと笑ってしまった。

「安心なさい、雷真、私はお前が可愛いのだから。だからお前が嫌がるようなことはしないわ」

にっこり笑ってあげると、雷真は安堵《あんど》に表情を緩める――どころかますます険しい顔になった。彼はどこまでも玲琳を信用していないと見える。

「やはり母に何か言われ……」

憮然《ぶぜん》たる面持ちでそう言いかけた時、突然部屋の窓が勢いよく開いた。ぎょっと驚いて振り返った一同の前に、窓から足を突っ込んできたのは一人の女だった。

窓枠に腰かける突然の闖入者《ちんにゅうしゃ》。一同は呆気に取られてその女を注視した。

二十歳に届かぬくらいの年若い娘だ。くっきりした化粧を施した美しい顔立ちをしている。艶《なま》めかしい肢体に纏《まと》うのは、斎でしばらく前に流行《はや》っていた胸を大胆に開けた意匠の襦裙《じゅくん》。大きく勝気そうな吊《つ》り上がった瞳が室内を走り、とある一点でぴたりと止まった。艶《あで》やかな紅を引いた唇が、にやりと笑った。

「やっと帰ってきたわね、雷真」

艶めかしく声を響かせ、窓枠からするりと滑り落ちるように床へと降り立つ。その場を支配する主は自分だとでも言いたげに部屋を突っ切って、女は雷真のもとへと歩み寄った。そして彼女はぱっと大きく両腕を広げ、蝶《ちょう》が花弁にとまるかの如《ごと》く雷真に抱きつき、いきなり彼の唇を奪った。

一同啞然《あぜん》としてその光景に見入った。無論、玲琳も同じである。あの堅物の雷真が、警戒心もなく易々《やすやす》と女の行為を許してしまったことに驚いたのだ。

「よせ、珠理」

雷真は女を引き離して厳しく言うが、珠理と呼ばれた女はまるで堪《こた》えた様子がなく薄笑いを浮かべたままだ。どことなく、人を見下すような気配を滲ませているのが印象的である。玲琳は彼女に目を奪われた。

「どうして？　あなたが帰ってきたと聞いたから、わざわざここまで来てあげたのよ。嬉《うれ》しいでしょ？　感謝しなさいよ」

雷真は答えない。ただ険しい顔で珠理を見下ろしている。

そんな二人の様子を目にした玲琳は、凝《こご》った空気を揺らすように問いかけた。

「雷真、その女はいったい誰？」

すると珠理は振り返り、玲琳に目を留め小首をかしげた。

「そういうあなたはいったい誰よ」

「珠理！　無礼な口を利くな」

雷真がとっさにきつく咎《とが》めた。

玲琳はさっと手を上げて雷真を制し、艶美に笑ってみせた。

「苑家の当主に呼ばれてきた蠱師だわ」

いやそれより王妃という立場を明らかにするべきだろうという顔で皆が玲琳を見たが、珠理だけは驚いたように目を見張った。

「あなたが蠱師のお妃様？」

「ええ、そうともいうわね」

その物言いに珠理はくすっと笑い、頭を垂れて優雅に礼をした。

「初めまして、お妃様。私は周《しゅう》珠理と申します。どうぞお見知りおきを」

そう挨拶すると珠理は顔を上げ、にんまりと楽しそうに笑った。

「お妃様はお美しい方ね、雷真が夢中になるわけだわ。私がずっと待っているのに、ちっとも帰ってこないんだから」

彼が自分のもとへ帰ってくるのは当然のことである――とでも言いたげなその言葉を聞き、玲琳は確信した。名前からそうだろうとは思っていたが……

「珠理……といったわね、お前は雷真の何なのかしら？」

「私？　私は彼の従妹で、許嫁よ」

「はあっ⁉」

即座に奇妙な声を上げたのは、呆気に取られていた風刃だった。あんぐりと口を開けて珠理を凝視している。そんな彼に婀娜《あだ》めいた眼差しを返し、珠理は続けた。

「皆さん驚いてるわね。誰も知らなかったのかしら？　私は正真正銘彼の許嫁よ。親に定められた……ね？」

最後の一音は曖昧に漂いながら、雷真の方へと向けられた。

雷真の表情がますます険しさを増した。

やはりそうか。彼女こそ、夏泉が息子と結婚させようとしている女だ。

「いや……いやいや、ちょっと待てよ！　おい、てめえ！　許嫁がいたのかよ！」

傍らで度肝を抜かれて絶句していた風刃が、噛みつくように叫んだ。

「……貴様には関係ないことだろう」

そう言いながらも雷真は否定しようとしない。この女が許嫁であると、認めているようなものだった。

「ああ!?　ねえよ！　ねえから何だってんだ!!」

などと訳の分からない怒声を上げる。そしてとんがらせた目を素早く部屋の片隅に向けた。

そこに据えられた長椅子には、膝に双子の王女と王子を眠らせた秋茗が座っている。

双子は風刃の大声で目を覚まし、寝ぼけ眼《まなこ》をこすりながら部屋の中を見回した。

秋茗は一連の騒動に別段不自然な反応を示すでもなく、目覚めた双子をきちんと座らせて口元をぬぐったり髪を整えたりしている。

全く、何も気にしていない様子にも見える。

混乱する一同をよそに、珠理は雷真の手を引っ張った。

「ねえ、久しぶりに遠乗りにでも連れていってよ」

「……すまないが、私は王女殿下の護衛役だ。そんな余裕はない」

「ふうん……冷たいのね。許嫁の頼み一つ聞いてくれないの？」

珠理は少し不満そうに口を尖《とが》らせた。その途端、聞き耳を立てていた火琳が激しく反応した。

「何ですって？　許嫁？　雷真、お前この女と婚約してるの？」

率直な詰問に雷真は戸惑い、とっさに答えを返せずにいる。代わりに珠理がにこやかな笑顔で応じた。

「あなたが雷真のお仕えしているお姫様かしら？　お可愛らしいわね。ええ、私は雷真の許嫁で……」

「珠理！」

突然雷真は声を荒らげた。彼が同僚の風刃以外に怒鳴ったりすることなどめったにないため、一同は驚いた。

唯一驚かなかった珠理は、薄い笑みを浮かべた唇で問いかける。

「なあに？」

「私は……君と結婚するつもりはない。もう何度も言ったはずだ」

雷真は変に冷や汗を流しながらそう言った。彼が仕事中そんな風に私事を口にするのは珍しく、この場の全員に対して弁明しているようにも聞こえた。

「酷いわね……どうしてそんなこと言うの？」

「珠理、君には黄游《こうゆう》がいるだろう」

「あら、あれなら先月別れたわ」

「な……鶴栄《かくえい》は？」

「いつの話？　あんなの半年も前に切ったわよ」

「栈信《せんしん》は!?」

「栈信と李仆《りぼく》と安永《あんえい》はまだ遊び相手だわ。だけど所詮遊び相手でしかないもの。あんなもの、結婚相手にはなり得ないでしょ？」

絶句する雷真に、珠理はくっくと笑った。

「バカね、雷真。どうして私から逃げられるなんて思ったのよ。この世の半分は男でも、私が結婚するのはあなただけだわ。あなた以外の男とは結婚しない」

雷真はもはや蒼白《そうはく》になっている。

「だからずーっと仲良くしましょうね。大丈夫よ、私は心が広いから、あなたが他の女に手を付けたって何も言わないわ。なかなか帰ってこなかったことだって、怒ってるわけじゃないのよ。女ばかりの後宮で、端女《はしため》に心を奪われたからっていちいち文句なんか言うもんですか。そんなの、妾《めかけ》にでもなんでもすればいいだけだもの」

「珠理！　くだらないことを言うな！」

とうとう雷真は激昂《げきこう》した。秋茗の膝の上で火琳と炎玲がびくりと震え、いつもはいがみ合ってばかりの風刃もぎょっとした顔になる。その姿はあまりにも、いつもの彼らしくなかったのだ。いつも冷静に理詰めで相手を責め立てる苑雷真は、いったいどこへ行ってしまったのか……

しかし珠理だけは、怒鳴られても楽しそうに笑っている。

「いやだ、あんまり怒らないでよ。せっかく会えたのにこれじゃつまらないわ」

彼女がそう軽口を叩いたところで、窓の外から人の声が聞こえてきた。

「お嬢様！　お嬢様！　どちらですか!?」

「そろそろお時間ですよ！」

その声を拾い、珠理は雷真から離れた。

「迎えが来たわ、もう行かなくちゃ。それじゃあ皆様、ごきげんよう」

優雅に礼をし、彼女は入ってきた窓に駆け寄った。大胆に裾を開き、窓枠に足をかけて飛び乗る。

「私はここよ！」

呼びかけると、窓の外に二人の若い男が駆けてきた。

「こちらでしたか、お嬢様」

「ほら、行くわよ。観劇の時間に間に合わなくなっちゃうわ」

そう言って手を伸ばした珠理を、男たちは慎重に抱きとめる。地面に下ろされた珠理は男たちの頬にかわるがわる口づけし、すたすたと庭園を歩いて去っていった。

嵐が去ると、しばしのあいだ奇妙な沈黙が室内を満たしていた。

「おい……何だあれ」

勇気をもってその沈黙を破ったのは風刃だった。

「……何がだ」

「てめえの許嫁とやら、他の男と腕組んで逢引《あいびき》に出かけたぞ」

「……貴様には関係ないことだ」

「だから！　関係ねーから何だっつーんだ!!」

風刃はまた理不尽に怒鳴った。

「まあちょっと落ち着きなさい、二人とも」

玲琳は頭が痛くなりそうな気分で両者をなだめた。

「これが落ち着いていられますか！」

「私は落ち着いています」

反応はまちまちだったが、どちらも常態でないことは確かだ。

そこで、呆然《ぼうぜん》としていた幼子たちが急に動き出した。お互い顔を見合わせ、背後の秋茗を見て、すがるように玲琳を見て、最後に雷真を見た。息の合ったその動きはまさに双子だった。

「雷真、お前は本当にあの女と婚約してるの？」

火琳が信じられないという風に聞いた。

「いえ、それは……火琳様が気になさるようなことでは……」

「いいえ、私はお前の主だもの、お前のことを気にする義務があるわ。まともな女なら私だってこんなこと言わないけど、許嫁の前で他の男といちゃつくなんて……あの女は淫蕩《いんとう》な浮気者じゃないの？」

歯に着せる衣《きぬ》を破り捨てたと見える童女の問いに、雷真が絶句し、傍らの風刃が吹き出した。

「いや……毎度毎度そんな言葉どこで覚えるんです？」

「うるさいわね、お前は黙ってなさいよ」

真面目に臣下を案じていた姫君はムッとする。

「まあまあ、火琳様落ち着いて。雷真、てめえみたいな女に縁のない男があゝいうのに引っかかるのは世の常……ってか、気の毒だとは思うけどよ、あれはやめとけ。まじでお前の手には負えねーから」

風刃は慰めるようにぽんと雷真の肩を叩いた。

雷真はその手を乱暴に振り払い、荒い息をつく。

「これは私の問題ですので、皆様の手を煩わせるつもりはありません。どうかこの件には関わらないでいただきたい。それと……珠理を悪く言うのもやめていただきたい。私は外に控えておりますので、失礼」

そう言って、雷真は誰の顔も見ようとせず部屋から出て行った。

最後に許嫁を庇《かば》った彼に、一同はまた驚いてしまったのだった。


「あのお嬢さん、ほんとーに大変なお嬢様みたいですよ」

旅の疲れを癒すために玲琳が部屋でくつろいでいると、いつの間にか姿を消していた葉歌が戻ってきて、楽しそうに耳打ちしてきた。

「色々話を聞いてきたんですけど、珠理様っていうのは昔からずいぶん奔放なお嬢様だったようで、男の人と見ると手当たり次第に色目を使って、そりゃもう大変なんですって。だけどご当主様方の前では猫を被《かぶ》ってるから、ずいぶん気に入られてるみたいで、特に雷真様のお母様が珠理様をものすごーく可愛がってるみたいですよ」

それにしても初めて来た屋敷であっという間にこんな噂《うわさ》を仕入れてくるとは、本当にこの女官はどれだけ醜聞が好きなのかと、呆《あき》れを通り越して尊敬してしまいそうになる玲琳だった。

「それで、どうするおつもりなんです？　例の依頼の件は」

葉歌はずいっと身を乗り出し声を潜めた。例の依頼とは、無論雷真の母である夏泉が依頼してきた惚れ薬のことであろう。

「あんなに嫌がってる雷真さんに惚れ薬を飲ませて無理やり結婚させるなんて、ちょっと可哀想《かわいそう》ですよねえ」

ちょっと可哀想どころの話ではないなと思いながら、玲琳は考えた。

蠱師である玲琳は、依頼されれば毒でも惚れ薬でも何でも作るが、大事な相手に害をなすようなことはしない。故に、惚れ薬を作ることが雷真の害になるのなら断る心づもりがある。が、はたしてそれが害になるのかどうなのか、玲琳には分からないのだ。彼がただ己の心に素直になれないだけなのならば、その後押しをすることは害になるまい。しかしそうでなければ、彼の心を操ることは害になろう。

玲琳は、苑雷真の本心が分からないのだ。

「国一つ滅ぼせと言われる方がまだ容易《たやす》いわ」

「不吉なこと言うのやめてくださいよ」

その時、部屋の反対で秋茗の膝に座って何かひそひそ話し合っていた双子が、不意にぴょこんと飛び降りて、玲琳のもとへ駆けてきた。

「お母様、お母様、お願いがあるの」

「お願い？　何？」

椅子に腰かけて聞き返した玲琳の膝に、双子は縋《すが》ってくる。

「あの女と雷真を別れさせてほしいの！」

「何ですって？」

玲琳は目をぱちくりさせた。

「あの女はきっと、雷真の弱みを握って言いなりにさせてるんだわ、悪い女よ！　だから雷真は縁談を断れないの。私たちで雷真を守ってあげなくちゃ！」

まったく彼らの間でどんな話し合いがなされたのか、珠理は二人の中でとんだ悪女となってしまったらしい。

「私にどうしろというの？」

玲琳は膝に縋る子供たちに問いかける。

「ええと……あんな悪い女は呪い殺しちゃえばいいわ！」

火琳が無邪気に恐ろしいことを言った。そんな姉を、弟が窘《たしな》める。

「ちがうよ火琳、お父様がそういうことをしちゃいけないっていってたじゃないか。あいてが悪人でも、殺したりしちゃいけないんだよ。だから、あのひとが雷真を好きじゃなくなるようにすればいいんだよ」

「いけない、お父様に怒られちゃうとこだったわ。お母様、あの女が雷真と結婚したくなくなるようにしてちょうだい」

真《ま》っ直《す》ぐな想《おも》いをぶつけられ、玲琳はまた更に困ってしまった。

雷真に惚れ薬を飲ませるか否か——という問題に加えて、雷真と珠理を別れさせるか否か——という問題まで発生してしまったということだ。

　玲琳は子供たちを見つめ返し、傍らで好奇心いっぱいの瞳をしている葉歌を睨み、離れて座っている秋茗に目を向けた。

「秋茗」

　名を呼ぶと、彼女は背筋を伸ばして立ちあがった。

「はい、お妃様」

「お前、雷真が好き？」

　問われた秋茗はしばし佇《たたず》んでいたが、柔らかく微笑んで答えた。

「はい、お妃様」

「そうでしょうね」

　秋茗は彼に対する想いを隠さない。いつも彼だけに突っかかり、いつも彼だけに厳しくする。はっきりとあからさまに、雷真は秋茗の特別なのだ。そんなことは後宮の人間ならば皆が知っていた。目の前の幼子たちすら知っていた。知らないのは鈍感極まる当の雷真ただ一人だ。

「お前は雷真が他の女と結婚したら辛《つら》いでしょうね？」

　玲琳はそう確認するが、しかし今度の秋茗は首を縦に振らず、軽くかしげてみせた。

「さあ……どうでしょう？　元々私とあの人では身分が違いすぎますし、案外どうも思わないかもしれません。いずれどこかのお嬢様を娶《めと》るのだろうとは思っていましたし、あの人は私をどうも思ってはいないでしょうし……」

「そうかしら？　お前と風刃と雷真は仲がいいでしょう？」

時を同じくして王女と王子に仕え始めた三人は、毎日行動を共にし、とても仲がいいと玲琳は思っている。そんなことを言えば男性陣二人はこんな男と仲がいいわけがないと怒りだすだろうが、そこまで喧嘩《けんか》してもまだ喧嘩するネタが尽きないというのはむしろ喧嘩すらしない相手より親しいと言える。

しかし玲琳の問いかけに、賢い女官は虚無的な笑みを浮かべてみせた。

「……お妃様は……私を美しいとお思いですか？」

いきなり何の質問だと玲琳は訝り、首を捻った。

「私は人の美醜に興味がないわ」

「そうでしたね、お妃様はそういうお方でした。自覚はないかもしれませんが、お妃様はとてもお美しいですよ」

秋茗は小さく苦笑した。

「お妃様を娶った陛下も、お二人から生まれた火琳様も炎玲様も、後宮に仕える女官たちも、みんな美しい人たちばかりです。そういう人が選ばれて、王宮仕えが許されているんですから。護衛役の風刃さんだって、王宮一の遊び人と言われるにふさわしい精悍《せいかん》な殿方ですよね。王族の護衛にも大抵美しい人が選ばれるのでは？　後宮という場所は、美しく生まれた人たちが集まるようにできている場所なのでしょう」

　そこで彼女はかすかに目を伏せた。

「私は自分の生き方に誇りを持っていますし、火琳様と炎玲様にお仕えする女官として職務を全うできていると信じています。だから別に、美しく生まれたかったとか、自分の顔が嫌いだとか、そんなことを思っているわけではありませんが、時々……自分は後宮の中で最も不器量な女だなと思うことはあります。本当に時たま、一年に一度くらいですけどね」

　玲琳は黙ってその言葉に聞き入っていた。いつも身近にいたこの女官がそんなことを考えていたなんて、思いもよらなかった。

　玲琳は人の顔を記憶する能力が弱く、人の美醜に関心がなく、人を容姿で判断することがない。故に己の容貌にもさしたる興味がない。だが、秋茗にとっては違うのだ。彼女の想う男は王宮一の美男子と呼ばれる男で、彼女は自分を不器量な女だと思っている。

　そんな彼女を見つめ、玲琳は一つ深呼吸して決意した。

「決めたわ……私は蠱師として、今回の依頼は受けない」

「依頼？　何か依頼を受けているんですか？」

秋茗はきょとんとした。

「ええ、でももういいのよ。受けないことにしたのだから」

そう言って、玲琳は膝にしがみついている双子の頭を撫でた。

玲琳が誰に何を依頼されたのか無論知る由もない秋茗は、怪訝な顔している。しかし玲琳は断ると決めてむしろすっきりとしていた。

「ここにいる意味ももうなくなってしまったわね、早々に王宮へ帰ることにしようかしら」

そんなことを言い出した玲琳に一同は困惑する。

「ええ!?　お母様、もう帰っちゃうの？」

「雷真のことはどうするんですか？」

子供たちが膝を揺する。

「私だって久しぶりにのんびりできると思って楽しみにしてたんですよ！」

欲望のままに文句を言う葉歌。

秋茗は彼らを見て少し思案し、

「お妃様、もう少しここに逗留《とうりゅう》なさっては？　私が事前に調べておいた情報によりますと、この地域には大変珍しい薬草や毒草などが多く自生しているそうですよ」

途端、玲琳の眉がぴくりと動いた。にこっと笑った秋茗に、嫣然《えんぜん》と微笑み返す。

「秋茗……私は本当にお前のそういうところが大好きよ」

「お褒めに与《あずか》り光栄です」

「仕方がないわね、お前の顔を立ててしばらくここへ厄介になることにするわ。すべきことはなくなってしまったけれど、せっかくだからみなでこの土地を満喫して帰りましょう」

珍しく舞い込んだ依頼は苦手な恋愛沙汰。それを断ると決めてしまえばもうこの土地に用事はない。あとは雷真の個人的な問題であろうし、玲琳はそこに口出しするつもりもなければ口出しできる自信もない。可愛い護衛役や女官が辛い思いをしなければいいとは思うものの、現状玲琳には何もできることがないのだ。ならばもう、純粋にこの土地を楽しむしかないではないか。

そうして玲琳一行は、苑家にしばし逗留することとなったのである。

ずいぶんのんびりとした旅になりそうだ……などと、この時の玲琳は考えていた。

この後起きるとんでもない騒動のことなど、無論知る由もなかった。

一方その頃——

「……おい、何故ついてくる」

屋敷の中を闊歩《かっぽ》していた雷真はぴたりと足を止め振り返った。じろりと睨む先には
だらだらと歩いている風刃がいる。

「てめえが幽鬼みたいにふらふらしてるからだろうが」

「ここは私の生家だ。好きに歩き回って何が悪い」

「ああそうかよ、ちなみにさっきからこの廊下を通るのは四回目だけどな」

風刃は腕組みしてけっと笑った。雷真はぐっと黙り込んでしまう。

いつもならここで風刃の追撃が入るところであったが……

「なあ、何かあったんかよ」

むしろ風刃は心配そうにそう言った。彼が雷真に対してこういう態度をとるのは珍しく、雷真は戦意を削《そ》がれた。

「別に何もないが……」

力ないその答えに、風刃はますます食いついた。

「いやいや、どう見ても何もなくねえよ。てめえはいつもウザいくらいぶれねえヤツだろうが。それが何なんだ？　実家に帰るのを嫌がるわ、結婚したくない許嫁を切れねえわ、実家だってのに居心地悪そうにぐるぐる歩き回って、何がしたいんだよ」

率直なその問いに、しかし雷真は答えられなかった。

黙り込んでいる雷真を、風刃は更に問い詰める。

「一応確認しとくけどな、てめえ……あの許嫁とは結婚したくないんだよな」

「……ああ」

「もしかして、結婚したくないのに上手《うま》く断れなくて困ってんのかよ？　だから帰ってきたくなかったのか？」

風刃の畳みかけに、雷真は苦虫を噛み潰したような顔になった。

その表情から全てを察し、風刃ははっと笑った。

「なるほどな、そーゆーことか。そりゃあ、てめえはろくに恋人もできたためしがない朴念仁だもんなあ。縁談一つ断れねえのも、無理ねえよなあ」

揶揄《やゆ》するようにニヤニヤ笑われ、雷真は言い返せず黙り込む。

「しょーがねえ、こういう時は年上のお兄さんが一肌脱ぐのが世の常ってもんだ」

「……何が言いたい」

「俺が何とかしてやるよ」

「どういう意味だ？　貴様、何か良からぬことを企んでいるんじゃあるまいな。それに、私と貴様は同い年だ！」

雷真は勢いよく詰め寄って風刃の胸ぐらを摑《つか》んだ。

風刃はその手を雑に振り払い、にやりと笑った。

「まあ心配すんな。王宮一の遊び人の本気、見せてやらあ」

外出していたらしい珠理が、男たちを伴って戻ってきたのは夕暮れ時だった。

門の近くに陣取って待っていた風刃は、彼女の姿を認めて立ち上がる。

風刃の周りには苑家の侍女たちが集まってきゃあきゃあはしゃいでいたが、お嬢様の帰館を知ってたちまち居住まいを正す。

「お帰り、珠理ちゃん」

風刃は警戒心を抱かせぬよう自然に、しかし逃がさぬよう素早く、相手と距離を詰めて話しかけた。

「君を待ってたんだ。一目見てからずっと君のことが気になっててさ。二人きりで話さないか？」

風刃はそっと珠理の手を握る。離れて見まもっていた侍女たちが黄色い歓声を上げ、珠理の取り巻きらしき男たちがムッとした顔になる。

「あなた、雷真のお友達？」

「いいや、天敵」

「ふうん……だから私に声をかけたの？　天敵の許嫁にちょっかいをかけてやろうって算段かしら？」

「まあたしかに、あいつが歯軋《はぎし》りして悔しがるところを見るのは爽快だろうね。だけど、俺が君に話しかけたのは、ただ単純に君が魅力的だったからだ」

突然真剣な顔になった風刃に、珠理はつられて真顔になった。

娯楽に飢えた侍女たちの歓声がひときわ高くなる。

しばしの沈黙を挟み、珠理は楽しそうに笑った。

「少しだけなら、あなたとお話ししてもいいかなって気持ちになったわ」

「嬉しいな。二人きりになれる場所へ行こうか」

「いいわよ。あなた素敵だし、こういう自信満々な男って私の周りにはいないから興味あるわ」

そう言って珠理は風刃の手を握り返す。

風刃は精悍な笑みで応える。

ちょろいな――と、内心で思った。

雷真がこの女との縁談を断れないのなら、この女から断らせればいいだけのことだ。こう見えても、女を口説くのには少しばかり慣れている。他に好きな男ができれば、雷真と結婚したいなどとは思わないだろう。

悪いな、王宮の平和のため犠牲になってもらうよ――そんなことを考えながら、風刃は珠理の手を引いた。

玲琳が客間でのんびりくつろいでいると、雷真が疲れた顔で戻ってきた。

「もう、どこへ行ってたのよ雷真！」

幼い王女が頰をふくらませて文句を言う。

「申し訳ありません」

謝罪する彼の声には覇気がない。その弱々しさに火琳は気勢を削がれた。

「ふん、まあいいわ。ところで風刃はお前と一緒じゃなかったの？」

「さあ、私は別れてから姿を見ていませんが……」

すると、ちょうど客間に茶や菓子を用意しに来ていた苑家の侍女たちが、顔を見合わせてひそひそと話をし始めた。

雷真が咎めるように目を向けると、侍女たちは何とも言えない気配を漂わせて口元を押さえた。

玲琳は彼女たちの様子が気になり問いかける。

「お前たち、私の連れて来た護衛役を知らない？　この男のかたわれなのだけれど」

「かたわれではありません」

雷真が仏頂面で言い返してくるが、玲琳はそれを無視して侍女たちに答えを促した。

「お妃様がお連れになったあの殿方でしたら……」

「いやだ、言ってしまっていいの？」

「隠しておく方がよくないわよ」

などと話し合い、どうやら結論を出したらしく気まずそうに口を開いた。

「風刃様なら、お屋敷中の侍女たちを口説いて回っておられましたわ」

その答えは玲琳の予想だにしないもので、目をぱちくりさせてしまう。何をやっているのだあの男は。

しかし侍女の話はこれで終わりではなかった。彼女たちは更に声を低めて——

「言いにくいのですが……最後には珠理様を口説いていらっしゃいました」

その場の全員が呆気に取られてぽかんと口を開けた。

「私たちが告げ口したなどと言わないでいただきたいのですが、黙っているのもよくありませんし……」

侍女たちはちらっと雷真を見やる。雷真は口を開けたまま完全に固まっていた。

「ええと……それでどうなったのかしら？」

玲琳はどうにか精神を立て直してそう尋ねる。むしろこれは深掘りしない方がいいのだろうか？　などと思いながら、それでも主の責務として聞いた。

侍女たちは醜聞を口にする時の葉歌とよく似た輝きを宿す瞳で答えた。

「珠理様は風刃様をたいそう気に入ったご様子で、彼をご自分の部屋へ連れ込んでしまわれましたわ」

聞かない方がよかった……と、玲琳は一瞬思った。

その直後、隣に立っていた雷真が突然客間を飛び出した。

「雷真、どこへ行くの！」

玲琳が立ち上がって呼び止めたが、彼は歩を緩めることすらなかった。

「待ちなさい！」

これは面倒なことになったと思いながら、玲琳は雷真の後を追いかけた。


「こんなことしていいのかい？」

風刃は挑発するように尋ねた。

甘やかな香を焚《た》き染《し》めた部屋の中に誘い込まれ、長椅子に座っていた。

隣にはしどけない格好の珠理が座り、風刃の肩に頭を預けてもたれかかっている。

「平気よ。言ったでしょ、あなたのこと興味あるって」

本当にちょろい女だ。風刃の誘いに何のためらいもなく乗ってきた。

このままだと本当に最後まで致してしまう気がするが、それはさすがにまずいだろうか？　まあいいか、別に減るものではないし……などと不埒《ふらち》な考えに身をゆだね、彼女の肩を抱く。

「怒られるかもしれないね。そうしたら一緒に逃げようか？　こんな退屈なところに閉じ込められて、このままでいいのかい？　俺なら、君を自由にしてあげられる」

甘い声で囁きかける。すると彼女はふふっと笑った。

「平気だったら。私はね、夏泉様のお気に入りなの。そんな私に文句を言える人なんて誰もいやしないわ」

これはまたずいぶん調子に乗ったお嬢さんだ。ここらへんで少し突き放してみるか
……風刃がそう企んだ直後、

「この私があんなつまらない男と結婚してあげるんだから、それだけで感謝してほしいくらいよ」

珠理はそう言って嘲笑《あざわら》った。

風刃は一瞬ぴたりと動きを止めてしまう。

あんなつまらない男——それはもちろん、雷真のことであろう。

「真面目なだけで何の面白みもない男。あんな男と一生を共にしなくちゃいけないなんて、ぞっとするわ。こうやって好きに遊んでいないと頭がおかしくなっちゃう。あなたは何も気にしなくて大丈夫よ、彼に私を咎める度胸なんかないんだから」

なるほどなと風刃は思う。このお嬢さんの言う通りだ。雷真という男は真面目なだけで何の面白みもない、つまらない男だ。口うるさいし、嫌味だし、煩わしいし、面倒くさい。何かあるとすぐにこれは正しくないだとか文句を言いやがる。本当に気に食わない男だ。

「だったら、婚約なんか解消しちまえよ」

「あら、そんな の嫌よ」

「なんで？」

「だって私の周りに彼より優れた血筋の男はいないわ。私が雷真と結婚する理由は、彼の血筋だけよ。あれはつまらない男だけど、それを補って余りあるの。だから彼とは結婚するわ。その代わり、結婚した後もこうやって好きに遊ぶけれど」

そう言って、珠理は風刃の首筋に腕を回す。艶のある唇が接吻《せっぷん》をねだるように近づいてくる。

本当にこのお嬢さんは男を見る目があるなと風刃は感心した。

彼女の言う通り、あんなにつまらない男はいない。彼の取り柄など血筋くらいのものだ。このお嬢さんは正しい。だから――

「あんたがあいつの何を知っててんだ」

風刃は低い声で言い、身を寄せてきた珠理の襟首を摑んでいた。長椅子に引き倒し、肩をきつく押さえつけて冷たい目で睨み下ろす。

「あいつは……あの朴念仁は、真面目なとこしか取り柄がねえし、馬鹿みたいに真っ直ぐすぎてやたら色んなものにぶつかるし、馬鹿だし、アホだし、ムカつくし、ほんと気に食わねえ……だけど、あんたに侮辱されるような男ではねえよ」

思わずそう言っていた。このお嬢さんは正しい。何一つ間違ったことは言っていない。なのに何故か、腹が立ってしょうがなかった。

珠理はそんな風刃を驚いたように目を丸くして見上げた。

体格のいい男に無理やり押さえ込まれ、怖い声で脅され——泣き出すのではないかと思われたが、しかし彼女は突如ふふっと笑った。

「あなた、雷真が好きなのね」

「……はあ？」

今までで一番怖い声が出た。

「気色の悪いこと言うのはやめてくれよ、反吐《へど》が出るぜ。あんな野郎のことなんか、この世で一番嫌いに決まってらぁ」

けっと吐き捨てるように言うが、珠理は楽しげに笑ったままだ。

「へえ、そお……もしかしてあなた、雷真のために私のこと口説いてたのかしら？　悲しいわ、あなたのこと気に入ったのは本当だったのに……」

言うなり彼女は上にのしかかっている風刃の胸元を摑んで強く引いた。予想外の行動に風刃は体勢を崩し、珠理の上に倒れ込む。珠理は落ちてきた風刃に腕を回し引き寄せるように唇を合わせた。

とっさに離れようとした風刃に、珠理は悪戯《いたずら》っぽく言う。

「ねえ……私があなたと寝たら、雷真は傷つくかしら？　試してみない？」

彼女の瞳に危うい色がちらつく。瞬間、風刃の背筋をぞくりとしたものが駆けあがった。自分はいったい、今何に触れているのか――

風刃が固まってしまったその時、部屋の扉が勢いよく開いた。

「珠理！」

叫びながら駆け込んできたのは雷真だった。彼は長椅子の上に押し倒された珠理と、彼女に覆いかぶさる風刃を目の当たりにして、表情を凍り付かせた。

そしてそんな彼に続き、玲琳と秋茗が現れた。

思わず舌打ちしそうになりながら、風刃は珠理の上から離れた。が、すでに遅い。全員の眼差しが室内の男女を串刺しにする。傍《はた》から自分たちがどう見えているか理解できぬほど風刃も愚かではなかった。

風刃は珠理から離れて口を開きかけたが、その口が言い訳の言葉を発する前に雷真が動いていた。彼は無言で近づいてくると、風刃の胸ぐらを摑み上げ、問答無用で殴り飛ばした。

　雷真はなおも許さず、鬼のような形相で風刃にのしかかってくると、拳を振り上げてまた風刃を殴りつけようとする。完全な馬乗りで押さえつけられ、風刃はもはや逃れることができなくなった。

「落ち着きやがれ！　この馬鹿野郎！」

　風刃は押さえ込まれたまま叫んだ。が、雷真はわずかも手を緩めることなく風刃を殴りつけてきた。床に押さえ込まれたまま殴られる衝撃はすさまじく、思わず呻《うめ》き声《ごえ》が出る。

「貴様と話すことは何もない。死ね」

　雷真は底冷えのする声でそう告げると、再び拳を振り上げた。

「雷真さん！　やめて！」

　見かねた秋茗が駆け寄ってくるが、しかしそれでも雷真が止まることはなく、再び拳が振り下ろされかけ——そこで突如けたたましい笑い声が起きた。

「あはははははは!!　なんて可笑《おか》しいの！」

　仰《の》け反《ぞ》って笑うのは珠理だった。狂気めいたその哄笑《こうしょう》に、部屋へ集まった一同は全員唖然とした。

　珠理は美しい顔を醜く歪《ゆが》めて笑いながら、風刃と雷真の傍にしゃがみこんだ。

「ねえ、雷真。あなたがこんな風に怒るところなんて初めて見たわ。私が誰と何をしても、あなた今まで一度だって本気で怒ったことなんかないじゃない？」

淫靡《いんび》に口の端を持ち上げて、珠理は雷真の頬を撫でる。

「ふふふ、本当に彼と寝てみればよかった。そうしたら、もっと知らないあなたに会えたかしら？」

その発言に雷真は大きく目を見張り、鋭く細めた。

「珠理！　馬鹿なことを考えるのはやめろ!!　君は何がしたいんだ！　こんなことをして何が楽しい！」

大声で叱責する。その声にも珠理は楽しげに笑声を放ってみせた。

「あはっ！　バカみたいバカみたいバカみたい!!　あなたって私のことほんとに何も分かってないのね。小さい頃からずっと一緒にいたのに、全然分かってないのね。楽しいわよ、楽しいに決まってるわ。あなたみたいなつまらない男と結婚するんだもの、このくらいの楽しさがないとやってられないわ！」

立ち上がり、重なり合う二人の男を見下ろして嘲笑う。

「ねえ、風刃君？　また私と遊びましょうね」

風刃は言葉を返すこともできず彼女を見上げた。室内はしんと静まり返り、泥の底に沈んだかのような暗く重い空気に圧迫される。

その時、部屋の外からどかどかと荒い足音が聞こえて見知らぬ男が駆けつけてきた。

「いったい何の騒ぎだ！」

そう怒鳴りながら室内を見回すのは、三十前後と思《おぼ》しき身なりのいい男だ。顔は全く知らぬ男だったが、妙に生真面目そうな表情が誰かを想起させた。

男は雷真と、雷真に押さえ込まれた風刃を見て、極限まで表情を険しくした。

「雷真！　いったい何をやっている！」

大音声が室内に響き渡った途端、雷真は風刃から手を離した。緩慢な動作で立ち上がり、気まずそうに一礼した。

「申し訳ありません、兄上。お戻りでしたか……」

その一言で全員が男の正体を知った。

風刃も、話にだけは聞いていた。雷真が旅の道すがら生家について語っていたことを思い出す。雷真の父は何年も前に亡くなっており、兄が当主の跡を継いだという。名は確か、苑喬鎧《きょうがい》といったか……

「その御仁はいったい誰だ」

「……私の同僚で、王子殿下の護衛役です」

俯《うつむ》く雷真の説明に、男――喬鎧は極限を超えて険しい表情になった。

「そのような相手に暴力をふるっていたと……？　どういうつもりだ？」

詰問されても雷真は答えられずにいる。

「黙っていては分からないだろう！」

喬鎧は追い詰めるように怒鳴った。

「……申し訳ありません」

「謝るようなことをしたという自覚があるんだな？」

雷真はまた答えない。喬鎧は苛立《いらだ》ったように眉間の皴を深めた。

見ていられず、風刃は立ち上がって間に割って入ろうとした。しかしその前にするりと間へ滑り込んだのは珠理だった。

「ごめんなさい、喬鎧様。私がこちらの……風刃さんとお話ししていたの。そうしたら、雷真が誤解してしまって……私が悪かったの」

うるうると悲しげな上目遣いで訴える。

そんな珠理を見て、気まずそうな雷真を見て、顔に怪我《けが》をした風刃を見て——喬鎧は深々とため息をついた。

「雷真、お前はいつもそうだ。領地を出ていった時も、軍人になった時も、王女殿下の護衛役に抜擢《ばってき》された時も、何も言わず勝手なことをする。お前は父上の守ってきたこの苑家に泥を塗った愚か者だ。せめて結婚くらいはまともにしろ。これ以上私を煩わせるな！」

怒りと苛立ちのまじる厳しい声を投げつけて、彼は弟から目線を切った。そしてその鋭い眼差しは風刃に向けられる。

「風刃殿……と、おっしゃるか？　当家の恥をお見せして申し訳ない。しかしながら無礼を承知で申し上げるが、初めて訪れた家で若い女人の部屋に入り込むのはあまりにも礼儀がなっていないと言うべきだろう。改められよ」

ぐうの音も出ないとはまさにこのことだが、素直に謝るにはいささか腹が立ちすぎていて、風刃はずいっと喬鎧に詰め寄った。

「そんなに大事なお嬢さんなら、箱にでもしまって鍵をかけときな」

そう言って鼻で笑う。

そんな暴言が返ってくるとは思ってもいなかったのだろう、喬鎧は啞然とした。すると俯いていた雷真が風刃の肩口を乱暴につかんだ。

「貴様、兄上に無礼な口を利くのはやめろ！」

「雷真！　客人に手荒な真似《まね》をするんじゃない！」

今度は喬鎧が弟を咎める。

「ごめんなさい！　全部私が悪かったの！」

わざとらしく悲劇の主人公ぶる珠理。

「皆さんやめてください！」

必死に止めようとする秋茗。

状況は男女入り乱れて訳が分からない混沌《こんとん》の渦へと陥った。

もう収拾がつかない――そう思われた時、

「……お前たち……いいかげんにおし」

ひやりと地を這う蛇のごとき声が室内に響いた。大きくはないのに聞き入らずにおれないその声に引かれてはっと振り返り、騒いでいた者たちは一様に固まった。百匹を超える蛇の群れが、玲琳の袖や裾や背後から現れて、彼らを威嚇しているのである。

「きゃあああ！」

「うわああ！」

珠理と喬鎧が同時に悲鳴を上げて腰を抜かし、日々の鍛錬で慣れているはずの雷真もびくっと身を震わせる。風刃はそのあまりの気色悪さに思わず口笛を吹きかけた。

「あ、あなたは……」

がたがたと震えながら呟く喬鎧に、玲琳は嫣然と微笑みかける。

「この家の当主に呼ばれてやってきた蠱師で、お前の弟の主、李玲琳よ」

「あなたが……王妃様……？」

喬鎧は呆然と美しい王妃に見入った。

結局事態はうやむやに終わった。

一旦客間へと戻され、夕食を共にと誘われ、玲琳と火琳と炎玲は美しい装飾のなされた広い部屋へと案内された。

大きな卓には贅《ぜい》を凝らした料理がずらりと並べられていた。

玲琳は左右に子供たちを座らせて喬鎧と向き合った。部屋の中を見回すが、控えている侍女たちの中にも護衛らしき男たちの中にも知った顔はない。

「雷真は……同席しないのね、お前の弟なのでしょう？」

「あれは勝手に家を出た者。当家の者として同席させる謂《いわ》れはありません」

なるほど、どうやら兄弟の仲はあまり良くないと見える。勝手に家を出たと言っていたから、昔から雷真は家族と折り合いが悪かったのかもしれない。そういえば、ずっと王宮に勤めていて実家にはほとんど帰っていないように思う。

「縁を切っているとでもいうのかしら？　ならば、雷真の結婚にお前が口出しする謂れもないのでしょうね」

玲琳は揶揄するように言った。

喬鎧は一瞬うぐっと言葉に詰まったが、すぐに緩くため息をついた。

「先ほどは見苦しいところをお見せしてしまい申し訳ありませんでした」

「縁を切っているのなら、お前が謝る謂れもないでしょうね。そもそも彼が何をしようとお前が怒る謂れもない。けれどお前は怒り、結婚に口を出し、私に謝った。どう言ったところでここは雷真の生家だということね」

「……否とは申せません」

彼は渋々それを認めた。

「ねえ！　だったらもうちょっと雷真のこと考えてあげてちょうだい！」

そう声を張ったのは玲琳ではなく、右側に座っていた火琳だった。幼い王女は目をつり上げて言葉を重ねる。

「どうしてあんな女を雷真にあてがおうなんて考えたのよ。お前は兄でしょ？　少しは雷真を大事になさいよ！　あの女は他の男と平気でいちゃつくような浮気者よ。雷真が可哀想だと思わないの!?」

生意気な火琳の物言いに彼は驚き、しかし理性的に首を振った。

「珠理が何をしているかは知っています」

さすがに幼女に向けては言えなかったと見えて、喬鎧は玲琳にそう言った。

「あらそう、お前はあれがどういう女か知っているのね」

「私は昔からあの子をよく知っていますので、珠理が多くの男を手玉に取って遊んでいるのは知っています。あれはとんでもない放蕩《ほうとう》娘です。だからこそ、彼女には雷真が相応《ふさわ》しいと私は考えています」

「雷真に珠理が相応しいのではなく、珠理に雷真が相応しいというのね？」

喬鎧は重々しく首肯した。

「親を亡くした珠理を引き取った時から、我々にはあの子に対する責任があると考えています。珠理によりよい縁談を見つけなければならない。あの放蕩娘を制御できるのはこの世に雷真だけです」

「へえ？」

「あの子は昔から、雷真にしか懐きませんでした。雷真も、珠理をずっと可愛がっていた。あの二人を結び付けるのは自然なことだと私たちは考えていました。それなのに、雷真は突然、結婚は嫌だと言い出したのですよ。理解できません」

喬鎧の話を聞きながら、玲琳の頭の中には一つの疑惑が生じていた。

自分が何故、今ここにいるのかということだ。正確には、何故玲琳がここに来ることを鍠牙が許したかということだ。

何か企んでいるような気がすると、ここへ来る前に思った瞬間があった。もしかすると、雷真の結婚に何か関わりがある……？　鍠牙は雷真が結婚を嫌がっている事情を知っていて、それを解決させるために玲琳を送り込んだ……とか？

などと突飛な推測をしてみるが、その考えは一瞬で打ち消された。

ありえない。雷真のために鍠牙が玲琳を手元から離すなどありえない。

鍠牙は臣下を大切にする王の顔をしているが、その皮を一枚剝いでしまえば内側はどす黒い毒の海だ。彼は雷真を大切にし、慮《おもんぱか》り、彼が傷つくことを厭うだろう。そういう振りができるだろう。だが、本当は雷真がどうなったところで心にひび一つ入りはしないのだ。

彼が真に心を動かすのは、玲琳が関わる時だけだ。そして、玲琳の血を引く子供たちが関わる時だけだ。

だから彼が雷真のために玲琳をここへ寄越《よこ》すなどありえない。

するとそこで、火琳がまたしても口を挟んだ。

「どっちにしたって雷真はあの女との結婚を嫌がってるわ。雷真が嫌がる相手となんか、絶対結婚させないいんだから。お父様にお願いしてでも止めさせるわ！」

王女の高慢な物言いに、喬鎧はぎょっとした。幼女とはいえ、相手は一国の王女であり、父である国王から溺愛される姫君なのだ。そのお願いは人一人の人生を容易く打ち壊してしまえるほどの威力を有する。

「お待ちください、王女殿下！」

喬鎧は焦って立ち上がりかけた。そんな彼を目線で制し、玲琳は娘を見下ろした。

「火琳、お前は父親の権力を利用しようというの？　何の力も持たないお前が、愛情だけを頼りにして……恥とは思わないのかしら？」

冷ややかに問いかける。火琳は一瞬ぎくりと表情をこわばらせたが、強い決意を込めた瞳でぐっと頷いた。

「だって私は雷真の主だから、どんな手段を使ってでも彼を幸せにしなくちゃいけないの。臣下を守れない方がよっぽど恥よ。それが私の、王女としての矜持《きょうじ》なの！」

小さな手で胸を叩く。その姿を見下ろし、玲琳は満足げに頷いた。

「さすが私の娘だわ。目的のためなら金でも血でも愛でも利用する。立派よ、火琳」

「お妃様!?」

驚愕《きょうがく》の表情を浮かべた喬鎧が、今度こそけたたましい音をさせて立ち上がった。

「まあ落ち着いて座りなさい。この家を継ぐのはお前の子供で、雷真ではないのでしょう？　望む相手と結婚したところで誰も困りはしないわ。彼の好きなようにさせればいい。どうかしら？」

「……この縁談は母が決めたこと。私の一存ではお答えできません」

喬鎧はすとんと腰を下ろし、目を逸《そ》らして逃げた。

母親は惚れ薬まで使うほど縁談に乗り気だったし、婚約解消は受け入れまい。

そこで玲琳ははたと思った。そもそもこの男は母親が弟にしようとしたことを知っているのだろうか？

「ねえ、お前は私が何故ここへ来たか知っているの？」

遠回しに聞いてみると、喬鎧は怪訝な顔をする。

「お妃様にお会いしたいという夏泉殿の願いに、応えてくださったのでは？」

その呼び方に玲琳はおやと思う。

「お前は夏泉の息子ではないの？」

「私は前妻の子です。母が亡くなり、父は夏泉殿を娶ったのです。その父もすでに他界しましたが……」

「へえ、ならばお前と雷真は、腹違いの兄弟ということね？」

「……ええ、そうなりますね」

一瞬間が空いたのが気になるが、その肯定を受け、玲琳はなるほどと思った。

ずっと居心地悪そうにしている雷真の様子を思い出す。勝手に家を出て王宮勤めを始めたことといい、この兄の冷たい態度といい、苑家には様々な確執があるようだ。

「どちらにしても、私は雷真の縁談に口出しする気などないわ。あとは雷真が心のままに決めることよ」

玲琳はそう言って盃《さかずき》を手に取り果実酒を乾《ほ》す。

子供たちはそんな母をふくれっ面で見上げ、喬鎧は警戒するように玲琳を観察し続けていた。

同じ頃――玲琳一行が逗留する客間には微妙な空気が漂っていた。

顔に傷を作った風刃が、壁に背を預けて座り込んでいる。その傍らに秋茗が膝をつき、怒った顔で傷を手当てしていた。

少し離れた場所では、雷真が後ろで手を組み直立不動で黙している。

「バカ」

秋茗が言った。濡《ぬ》らした手巾で頬を押さえられた風刃は痛そうに顔をしかめる。

「バカとか言うな、怪我人だぞ」

「バカにバカって言うのは当たり前でしょ？　ほんとバカ。何であんなことしたんですか？　風刃さん」

名を呼ぶ声にきつく咎める響きがある。

「遊び人ですいませんね」

風刃はべえっと舌を出したが、痛くてまた顔をしかめた。

「……私のためでしょ」

ぺとぺとと玲琳お手製の薬を塗りながら、秋茗は声を低めて言った。

「何のことだか」

「あのねえ、あなたの考えてることとなんてお見通しですよ。あんなことしなくてもよかったのに」

「余計なことだったたって？」

風刃は不満そうにふんと鼻を鳴らした。

「余計ですね。私は別に、初めからそんなこと期待してませんもの。ものには釣り合いというのがあるんですよ。私では、釣り合わないでしょ」

薬を塗った頬にべったりした湿布を張り付け、ぺちーんとその上を叩く。

「いってえ……」

風刃はわざとらしく頬を押さえた。頬をさすりながら彼女の言葉の意味を考える。

秋茗は賢くて、普段自分を卑下するようなことはないけれど、それが彼女の全てではないだろう。例えばふとした瞬間に、当たり前の十代の女の子らしく容姿とか身分とか立場とか……色々なことを考えてしまうこともあるだろう。

だからあの男の許嫁を取り除けばいいと思ったのに……

しかし……根本的に間違っていたのかもしれないと、今になって思う。

珠理は――あの女は――単なる秋茗の恋敵ではないのかもしれない。

珠理を目の当たりにしてぞっとした瞬間を思い出す。彼女が雷真に向けていた、異常なくらい暗く歪んだ、憎悪のような愛着のような侮蔑のようなおどろおどろしい感情。あの正体は……いったい何だ……？

自分はもしかすると、やり方を間違えたのかもしれない。

思わずがりがりと頭を掻《か》く。

部屋の隅で直立不動の雷真にちらっと目を向けると、偶然にも彼は同時に風刃を見た。目が合い、しばし睨み合う。

恥である。屈辱である。しかし自分が何を間違えたのか問い質《ただ》さねばならない。

風刃がそう決意して声を発しかけると——

「私は、謝らないぞ」

雷真の方が先にそう言った。そのことに度肝を抜かれる。

謝らないというその言葉は、むしろ謝るべきことがあると宣言しているようなものだからだ。あの雷真が、自分に謝る……!?

「てめえ……マジのマジで大丈夫かよ」

風刃は本気で心配になった。さっきまでの軽い心配とは打って変わって、本当にまずいことが起きているのではないかと恐ろしくなったのである。

「俺がてめえの許嫁に手を出したんだから、てめえがキレんのは当たり前だろ。謝れなんて誰も言ってねえよ」

風刃は立ち上がって荒い息をついた。

「やっぱり変だぜ。てめえらしくねーじゃねえか。やっぱりなんかあるんだろ？　俺らに話してみろよ」

親指で、自分と秋茗を示してみせる。

護衛役の自分と雷真、そしてお付き女官の秋茗は家族とも言えるくらい毎日同じ時間を過ごしている。不本意だが、王女と王子を守り育てるという目的において、自分たちは絶対的な仲間だ。だからこの男が誰かに貶《おとし》められれば腹が立つし、何とかしてやらねばと思う。

性格は本当に嫌いだが、この世の誰より信頼できる男だということは知っている。こいつは嘘を吐かないし、阿呆《あほう》ほど真っ直ぐだ。その真っ直ぐさゆえに隘路《あいろ》を上手く進めぬことがしばしばあるのを知っている。それを助けてやるのが自分たちの役割に違いない。

「あの女は何でてめえにあそこまで執着してる？　単なる許嫁って感じじゃねえだろ。どう見てもまともじゃねえよ。俺も、秋茗も、玲琳様も、たぶん炎玲様も火琳様も分かってらあ。何かあるんだろ、言えよ」

雷真は思いつめた顔でぐっと歯を噛みしめている。

両者の間に嫌な緊張感が漂う。雷真がなかなか答えずにいると、そのやり取りを見守っていた秋茗が立ち上がって入り口近くの卓に歩み寄った。その静かな衣擦《きぬず》れと足音は沈黙をやわらげ、両者の間にあった張り詰めた糸を緩めた。

「喉が渇きましたね、いただいた果実酒でも飲みますか?」

とぷとぷと音を立てて杯に濃い色の果実酒を注ぐ。

「どうぞ、雷真さん」

と、差し出された杯を、しかし雷真は受け取らなかった。渋い顔でしばし葛藤するように考え込み、ようやく決意したように口を開き――

「珠理を悪く思わないでほしい」

そう言った。

聞いた瞬間、風刃は彼の顔面をぶん殴ってやろうかと思った。

しかし雷真は自分が誰に何を言っているのか理解もせず、言葉を重ねる。

「珠理は何も悪くないし、何も間違ってない。彼女は少しも悪くないんだ」

「……どうしてそれを私に言うんですか? 私にどう思ってほしいんですか?」

秋茗は理性的すぎるほど理性的に問う。はたで聞いていた風刃はひやりとする。

雷真は一考し――真顔で答える。

「珠理が悪くないことを、君にだけは知っておいてほしい」

すると、秋茗は冷静な表情を崩して目を大きく見開いた。次の瞬間、彼女は手にしていた杯を振り、濃い色の果実酒を雷真の整った顔面に引っ掛けた。

雷真は色のついた液体を滴らせながらぽかんとする。

「……すみません、手が滑りました」

どう見ても手が滑ったわけはないが、秋茗にはそれ以上の追及を許さぬ気配があった。が——そういう気配を無視して突っ込んでゆくのが苑雷真という男だった。

「手が滑ったようには見えなかった」

「……あなたの目が悪いからでは？」

「そんなはずがないだろう、理解の埒外《らちがい》だ」

「あなたの頭が悪いからでは？」

「そういう物言いはやめてくれないか。君はいつも私を馬鹿にするような言動をするが、親しき者にも礼を尽くすのが文化的な人のありようというものだろう？　たとえ君が私を嫌っていてもだ」

雷真のその言葉に、風刃はとうとう我慢できなくなり、やっぱこいつをぶん殴ると決めて拳を固めた。しかし身構える途中で、

「ばーか！」

秋茗が叫んだ。

「ばかばかばかばーか！　雷真さんのバカ！　風刃さんもバカ！　みんな大バカ！」

息を荒くして暴言を繰り返す秋茗を、雷真と風刃は同じ呆気にとられた顔で見やる。

聡明《そうめい》なこの娘がこんな子供じみた物言いをするところなど、二人は初めて見た。

「あんたたちなんかもう知るか！　想像力の欠片《かけら》もないくせにこっちの気持ちを勝手に捏造《ねつぞう》しやがって……あんたらの相手なんか金輪際してやらねえよ！　バカは二人で好きなだけいちゃついてろ！　結合したまま、もげてくたばれ！」

そう吐き捨てて、秋茗はいつもの礼儀正しい態度を遥か彼方《かなた》へぶん投げると、どかどかと足音荒く部屋を出て行った。

残された二人は呆然とその姿を見送るしかなかった。

ややあって正気を取り戻した風刃は、くわっと牙を剝《む》き雷真に食って掛かった。

「ざっけんなてめぇ！　てめぇのせいで俺まで怒られたじゃねえか！　俺なんもしてねえだろ！　いや、確かにてめぇの許嫁に手ぇ出したけど……だからって何で俺まで秋茗に嫌われねえといけねえんだ！　責任取れええぇ!!」

怒鳴りつけると、いつもなら即座に言い返してくる雷真がまるで反応しない。彼は放心して彫像のように固まり、完全に思考を停止させていた。

「お、おい……生きてるか？」

またしても心配になった風刃は、雷真の肩を乱暴に揺する。

雷真は揺すられるままがくんと膝を折り、へなへなとその場に頽《くずお》れた。

「えぇえ……何だこれ……どーすりゃいいんだ……」

風刃もあまりのことに気力を失い、その場にへたりと座り込んでしまった。


夕食を終えた玲琳は、子供たちを連れて部屋へ戻ろうと廊下を歩いていた。

先導する苑家の侍女が、途中でふと立ち止まる。

「どうしたの？」

聞くと、侍女は困惑したように玲琳を振り返った。

廊下の向こうから、とぼとぼと歩いてくるのはよく知った女官である。

「秋茗？」

玲琳は思わず声をかけていた。両脇を歩く子供たちもぱっと顔を輝かせて大好きな女官に駆け寄ろうとする。しかし三人は歩いてくる秋茗の顔がはっきり見えると驚いて立ち尽くしてしまった。

秋茗は泣いていた。声もなく涙を流して、目の前にいる玲琳たちに気づいているかも怪しい。

「秋茗、何があったの？」

玲琳は厳しい声で問い質した。

秋茗ははっとして、ぱっと自分の顔を押さえた。

「……お妃様……何でもありま……」

「何でもないはずがないわ。お言い、何があったの？」

言葉を遮り命じる。怒りが込み上げてくるのを感じた。玲琳が見出《みいだ》して育てた可愛い女官が泣いている……それだけで、玲琳が憤るには十分だった。

「お前、雷真と風刃と一緒にいたはずよね？　あの二人に何かされたの？」

途端、子供たちの顔色が変わった。しかし秋茗は激しく首を振った。

「ち、違います。何もされてません。わ、私が……私の方がバカなんですううう」

ぼろぼろと涙を流しながら、秋茗は唇を噛んで唸《うな》った。

何が起きたのかさっぱり分からない。ただ、彼女がここまで心を痛める理由など、子供たちのことでなければどうせあの男たちのことに決まっている。

「困ったわね、この事態は私がこの世で最も苦手とする事態だわ。蠱師として不可能の文字を掲げたくはないけれど、私ではお前たちのもめ事をどうにもしてやれないのよ。私はお前に何をしてやれるのかしら？」

愛だの恋だのというものは、玲琳から最も縁遠い事象だ。

「お気になさらず、私が少し取り乱してしまっただけなんですから。さあ、お部屋に戻って……」

秋茗が涙をぬぐってそこまで言った時、眉をつり上げていた双子がガシッとお互いの手を取り合った。そして突然廊下を走り出す。

　たったかたったか駆け出した子供たちを、秋茗は驚いて引き止めようとしたが、玲琳はすぐ子らの行き先を察した。

「大丈夫よ、放っておきなさい」

　玲琳はふんと鼻を鳴らす。

「私の可愛い女官を泣かせるような不埒者には、少しくらい痛い目を見せてあげなくてはね。さあ、私たちはゆっくり戻りましょう」

　そう言って玲琳は歩き出した。秋茗はその後に続く。

　少し廊下を歩いたところで、曲がり角から突然ふらりと人影が出てきた。玲琳は体当たりするように寄りかかってきたその相手をとっさに受け止める。よく見ると、それは珠理だった。足取りがふらふらしていて、どうやら酔っているらしい。

「あら……お妃様じゃない」

　珠理は自分を受け止めた人物の顔を見上げて笑み崩れた。

「ええ、酔っているの？」

「ふふふ、私はあまり酔わないんだけれど、お酒にね……薬を色々入れると少しは酔えるわ」

　しどけなく衣の胸元をくつろげて危ういことを言いながら、珠理は玲琳と秋茗を交互に見た。

「ねえ……私と少しお話ししない？」

「お前と？　……ええ、いいわよ」

「窮屈な場所は嫌いなの、外で話しましょうよ」

珠理は玲琳から離れ、誘うように両手を広げた。仕草が一々艶めかしい女だ。

「仕方がないわね」

玲琳がそう言うと、珠理は楽しそうに笑って廊下の円い窓を開いた。そこに足をかけ、おぼつかない足取りで庭へ出る。

玲琳も彼女に続いて窓によじ登って庭へ降り立つ。そしてしばし躊躇っていた秋茗も、意を決してひらりと窓枠を乗り越えた。

三人の奇行に、先導していた苑家の侍女はどうしていいのか分からずおろおろしていたが、玲琳は気の毒な侍女を放置して珠理に歩み寄った。

「私と何の話がしたいのかしら？」

玲琳が問いかけると、珠理はとろんとした目でうっすらと笑った。

「ねえ……あなた、雷真が好きなんでしょ」

唐突に彼女は言う。眼差しの先にいるのは秋茗だった。

「私ね、そういうのはすぐに分かるの。昔から人のことは分かるのよ」

体を揺らしながらくつくつと楽しそうに笑う。

「バカねえ……あんなつまらない男を好きになるなんて。この世には腐るほど男がいるのに、あんな男を好きになるなんてありえない。見てくれに騙《だま》されたら後で幻滅するわ。あれは血筋以外取り柄のないくだらない男よ」

侮蔑的な言葉を並べ立てる珠理に、玲琳は言い返そうとした。雷真もまた、玲琳にとっては可愛く大切な臣下なのだから。

しかし玲琳が言い返すより早く、秋茗が動いていた。彼女はつかつかと珠理に近寄り、乱暴に手を伸ばした。

その勢いに珠理は驚いて目を閉じる。そんな珠理の肩を、秋茗はガシッときつく摑んだ。彼女は据わった目で珠理を睨みつけ——低い声で言った。

「お気持ち、よく分かります」

「……え？」

そろりと目を開けた珠理は、間近で怖い顔をしている秋茗に呑まれて立ち尽くす。

「私も時々、こいつドブに落ちて死なねえかなとか思ってしまいますわ。あれほど無神経に人を傷つける殿方を、私は他に知りません。最初に思ったのは出会って三月後でしょうか……『私は誰にでも優しい人より、誤解されやすくても正しく厳しい人が好き』と分かりやすく申し上げたら、『君は男の趣味が悪いな』と言われました。『あなたは面白いから、いくら見ていても飽きない』と言った時には、『そんなことより仕事を真面目にこなした方がいいんじゃないか？』と……。『あなたのこと好きになってもいい？』と聞いたら、『今は嫌いだということだな』と言われましたっけ。そういうことを繰り返して六年経《た》ってしまいましたわ。王宮中の失笑を買いながら、今ではもう喧嘩を売るしかない日々……いやもうほんと、こいつ脳みそぶちまけて死なねえかなと……失礼、言葉が乱れました」

　珠理は絶句している。

　玲琳も、まさかこんなことが六年間繰り広げられていようとは知らず、さすがに秋茗が気の毒になった。

「だから彼を悪く言うあなたのお気持ちはよく分かりますわ」

「……あなた、本当に雷真が好きなのね。私が憎くないの？　私を蹴落として彼を手にいれたいと思わないの？」

　珠理は驚いたように聞いた。

「え？　いえ、別に。私ではあの人に釣り合いませんもの」

　秋茗は何でもないことのように言う。

「私は自分の想いを伝えたかっただけで……まあ失敗し続けてきたわけですけど……あの人を欲しいと思ったことはありません。だってほら、見てください。私のどこに彼と釣り合う部分がありますか？　私は貧しい裏街の出身で、教養もなく、身分も財産もなく……美しくもない。私が彼ならあなたを選びますよ」

「……私は雷真を不幸にするわよ？」

「彼は鈍くて愚かでどうしようもない男ですが、あなたのせいで不幸になるほど弱い男じゃありません。無神経だし、本当に腹が立つし、たまに死なねえかなクソったれと思いますけどね」

珠理の瞳がかすかに揺れた。しかしそこに込められた感情を吐き出すことはなく、彼女は挑発的な瞳に戻って秋茗を見据えた。

「私……あなたみたいな女は嫌いだわ。だからいいことを教えてあげる。彼はね、あなたと釣り合わない男なんかじゃないのよ」

毒のある笑みが珠理の口の端に上る。

「……どういう意味です？」

「雷真は、苑家の血なんか引いてないわ」

彼女ははっきりとそう告げた。空気が一瞬凍る。

「彼はね、不義の子なの。夏泉様が浮気をしてできた子よ。苑家の血を引くどころか、どこの馬の骨とも知れない男の血を引いた子なのよ。この家の者ならみんな知ってることだわ」

言葉を失って呆然としている秋茗の表情に溜飲《りゅういん》を下げたのか、珠理の毒めいた笑みはますます深まった。

「彼は正しくない生まれ方をした、正しくない血筋の子……ねえ、あなたと釣り合いそうじゃない？　諦めなくたっていいのよ。手を伸ばせば届く場所に、彼は立っているのかもしれないわ」

艶めく魔性の声が秋茗の耳朶《じだ》を打つ。

「その辺にしておきなさい」

玲琳は諫《いさ》めるように口を挟んだ。

「あら、お妃様は驚かないの？」

「私はあれの生まれに興味などないからね」

「へえ……でも雷真は気にしてるわ。だからどんなに厳しくされてもお兄様には逆らわないの。彼は自分を罪の証《あかし》だと思ってるのよ。それを、放っておくの？　冷たいお妃様ね」

「蠱師に優しさを期待するなど愚かよ。その痛みが彼の毒を生んだのなら……私はむしろ歓迎するわ。このまま不幸でいればいい」

嫣然と笑う玲琳に、珠理はひきつった笑いを見せる。

「……やっぱり、蠱師なんてろくな生き物じゃないわね」

「ええ、そうよ。蠱師は残虐で恐ろしい生き物なの。だから聞くわ、お前はどうして雷真と結婚したいの？　彼が本当に不義の子で、正しくない血筋の子だと思うなら、何故結婚しようと思うの？　彼の取り柄は血筋だけだと言ったのは嘘かしら？」

するとと珠理は口を閉ざし、警戒心をあらわにして玲琳を睨んだ。痛いところを突かれたのかもしれない。

恋だの愛だのというものは、玲琳が最も苦手とするものだ。しかし——それ以外のことであれば、玲琳は別段鈍感ではない。

珠理はしばし黙した末に、重い口をゆっくりと開いた。

「……不幸にするためよ」

その言葉はぞっとするほど暗かった。闇に沈んだまま珠理は続ける。

「彼は昔、私に酷いことをした。正しくないことをしたわ。だから私は彼を不幸にするの。だから彼と結婚するの」

「何故？」

「不幸にしたい理由なら、今言ったわ」

「いいえ、そうではなく、何故お前と結婚したら雷真が不幸になると思うの？」

玲琳はぱっと手を上げて彼女の言葉を否定する。珠理はたちまち怪訝な顔になった。

「何故お前は自分を不幸のもとだと思っているの？　というか、お前たちは二人ともどうして自分をそこまで卑下しているのよ。意味が分からないわ。お前たちは二人とも魅力的で、私はお前たちが気に入っているわ。私が気に入っているお前たちの、どこがどう気に入らないというの」

玲琳は堂々と言い放った。

生まれてこの方、自分に劣等感というものを抱いたことがない。自分より優れた相手が現れることは悔しさと喜びを同時に与えてくれるし、相手を叩き潰した時の快感は何にも勝る喜びだ。相手に勝てないと思うなら、勝てるように励めばいい。勝つまで挑み続ければいい。自分の存在の何をそこまで卑下する必要があるのか、玲琳にはさっぱり理解できない。

可愛がっている女官は当然のこと、出会ったばかりのこの放蕩娘も、玲琳はすっかり気に入っていた。この二人はこんなにも魅力的で、どこにも誰にも卑下される謂れはないというのに……

「誰もがお妃様のように自信満々ではいられませんわ」

「何故？」

「何故と聞かれても困りますが……」

「答えられない程度の理由で、私の大切なお前を貶めるのはおやめ。お前が自分に正当な評価を下せないと言うなら、私がお前を評価するわ。ただ、私が子供たちの人生を預けてもいいと思った秋茗という女は、それほど愚かではないと私は思っているけれど？」

挑発するように言うと、秋茗は珍しくムッとした顔をした。

「もちろん私は、王女殿下と王子殿下のお付き女官として誰にも恥じない働きをしていると自負しております」

背筋を伸ばし、己の胸に手を当てる。玲琳は満足げに頷いた。

「ええ、お前以外にあの子たちを任せられる者はいないわ。色恋ごときで自分の評価を変えるのはおやめ」

そう命じると、秋茗は何とも言えない複雑な顔をしたまま少しだけ顎を引いた。

それを見ていた珠理が鼻で笑った。

「恵まれて生まれた人間の戯言《たわごと》だわ」

そう吐き捨て、玲琳を睨む。

「あなたがどう言おうと私は雷真と結婚するし、彼はそれを拒否することなどできないの。彼は正しくないことをした……だからその報いを受けて不幸になるのよ。私が彼を不幸にするの」

呪いをかけるような強い言葉で断言し、珠理は踵《きびす》を返した。おぼつかない足取りで夜の庭園を去ってゆく。

玲琳と秋茗は、その姿が見えなくなるまで彼女を見つめていた。

しばらくその場に佇み、玲琳は何げなく問いかけた。

「ねえ、秋茗。お前が望むなら私はお前と雷真を結婚させることができるわ」

傍に佇む秋茗が淡くため息をつく気配がした。

「それはもちろんそうでしょう」

「望む？」

「……私はもう、お妃様に十分すぎるほど望みを叶えていただきました。病気の弟を救ってもらい、家族が暮らせる十分な報酬をいただいた。それ以上の何を望みましょう。それに私は、命令で無理やり結婚するあの人を見たくはありませんし、惚れ薬で操られて私を好きになるあの人も見たくありません」

「そう、分かったわ。余計なことを言ったわね」

「そうですね、皆さん余計なことばかりなさいます。それくらい、私を想っていてくださるのだと感謝します」

小さく微笑む秋茗に、玲琳はつられて笑った。この娘の賢さを、玲琳は愛しているのだ。

「では私たちも戻りましょうか」

そう言って、玲琳と秋茗は客間まで戻った。

黙って客間の前までたどり着くと、二人はきょとんとして部屋の入り口を見た。そこには沈痛な面持ちで立ち尽くす雷真と、膝を抱えて座り込む風刃の姿があった。

「お前たち、何をしているの？」

玲琳が首をかしげて問いかけると、雷真は力なく振り向いた。

「火琳様が……お前の顔など見たくないから出て行けと……」

「ああ、なるほど……風刃は？」

足元を見下ろすと、風刃は膝に頭を伏せたままぼそぼそと言葉を漏らす。

「……炎玲様も……俺には守ってほしくないと……」

「へえ、そう。それは仕方がないわねえ、あの子たちが嫌がるのなら、お前たちを傍に置いておくわけにはいかないものね。しばらくここで反省しておいで。私の可愛い女官を泣かせた罰にね」

玲琳が笑みをまじえてそう告げると、二人は同時に顔を上げ、驚いたように秋茗を見た。

「さて、私たちはそろそろ休むわ」

玲琳はそう言って、秋茗の手を引き部屋の中へと入る。

放心していた男たちは声すらかけることができなかった。

「炎玲、起きてる？」

深夜、王女は小声で弟を呼んだ。隣で眠るのは母の玲琳。いつも一緒に寝ている秋茗は、続きの間で休んでいる。

「うん、おきてるよ」

姉に寄りそって寝ていた弟は小さく答える。

「あのね、このままじゃダメだと思うの」

「うん、僕もそうおもってた」

暗闇の中、彼らは顔を見合わせて頷き合う。

「この事態は、お母様に解決できないわ」

「そうだろうね」

二人はちらっと眠る母を見た。

現在彼らを取り巻いている問題——それはすなわち、雷真の結婚問題と、秋茗の恋の行方である。そしてこれらが玲琳の最も苦手とする分野であることを彼らはよく知っていた。

「雷真があんなに優柔不断だなんて思わなかったわ。縁談一つ断れないなんて……」

「雷真はことわってたよ。あいてがひきさがらなかっただけだよ」

「甘い顔してるから舐《な》められてるのよ。あんなの、断ってないのとおんなじよ。まったく……私の護衛役があんな男だなんて情けなくって涙が出ちゃう」

「僕は雷真より風刃がもんだいだとおもうな。雷真の許嫁にてをだそうとするなんてダメだよ」

その途端、火琳は眉をつり上げた。

「ふん、あの男はいつだって王宮中の女に手を出しまくってる遊び人じゃないの」

「うん、でもあれは……秋茗のためにやったんだとおもうよ」

「……だとしたら余計馬鹿よ。秋茗は泣いてたじゃない」

「そうだね、僕たちは秋茗をまもってあげなくちゃね」

「そうよ、私たちの秋茗は、私たちで守らなくっちゃ」

「でも、ぐたいてきにどうするの？」

「決まってるわ、お母様が頼れないなら、お父様を頼ればいいのよ」

闇の中、火琳は少女らしからぬ笑みを浮かべた。炎玲は目をぱちくりさせて、同意するようににこっと笑った。

第二章　邪恋に死す

そして翌朝――

「やられたわ……」

玲琳は自分一人だけの寝台で目を覚まし、開け放たれた窓に首をかしげ、傍らに残された書置きを見つけて握りつぶした。

「どうなさいましたか？　お妃様」

続きの間から現れた秋茗がそう聞きながら部屋を見回し、子供たちの姿が見えないことに訝しげな顔をした。

「あの……火琳様と炎玲様は？」

困惑する秋茗に、玲琳は握りつぶした書置きを差し出した。ぐしゃぐしゃの紙切れを受け取って中を見た秋茗の顔は、たちまち血の気が失《う》せて真っ青になった。

「うそ……」

「嘘じゃないわ。あの子たちならやるでしょう」

秋茗の手から乾いた音を立てて紙切れが落ちた。そこにはこう書かれていた。

――お父様をここへ呼んでください。お父様が来るまで私たちは家出します――

「い、いったいどうやってここから抜け出したっていうんです!?」

「……二人には私の蟲を渡してあるわ。炎玲なら、そろそろあれを使いこなせるようになっているかもしれない。例えば門番を毒で眠らせたり、幻覚を見せたり……そういうことができるようになっていてもおかしくないわ」

二人が傍からいなくなっても気づかなかったとは不覚である。

玲琳はしばし思案し、部屋の戸を開けた。

風刃と雷真が一睡もせずに立っている。

「お前たち、子供たちを見なかった?」

「え？　見てないですけど、厠《かわや》にでも行ったんですか？」

「事態はもう少し愉快よ」

玲琳は拾った書置きを彼らへ向かって放った。

軽すぎて変な方向へ飛んだ紙切れを風刃がどうにか捕まえ、書かれた文字を見る。

雷真も横目でちらっとそこに書かれた内容を読み――二人は同時に目を剝いた。

「なっ……お二人はまさか……」

「起きたら姿がなかったわ。どうやら本当に家出したようよ」

早朝の街中を、幼い双子は手を繋《つな》いでてくてくと歩く。

「だいじょうぶかなあ……」

炎玲は心配そうに呟いた。

「大丈夫よ、上手くいくわ！」

火琳は力強く断言する。

「まずは何か食べましょう、お腹《なか》すいちゃったわ」

「食べるもの、もってるの？」

「買えばいいのよ、私お金をくすねてきたんだから」

「すごいや火琳！」

「ふふん、当たり前でしょ。無知なお姫様じゃないのよ。どこでも自由に物を手に入れられるなんて馬鹿なこと考えないわ。ちゃーんとお金を持ってきたわよ、ほら」

火琳は懐からずっしりとした金塊や大粒の宝石を取り出す。

「これでご飯を買いましょ」

「これでちゃんとかえるかな？」

「二人分のご飯くらい買えると思うわ、あんまり贅沢《ぜいたく》なものは買えないかもしれないけど。きっと二人で数日食べる分くらいは買えるわよ。そしたらそれを持って隠れてましょ、お父様が来るまで」

姉は弟を励ますように言う。炎玲は不安そうに姉の手を握り返した。

「いーい、炎玲。今のお母様は頼りにならないんだから、私たちがしっかりしなくちゃいけないのよ。秋茗と、雷真と、風刃を、私たちが助けてあげるの。だから寂しくても、我慢するのよ。私がついてるんだから大丈夫」

「うん、そうだね。二人でいればきっとだいじょうぶだね」

「ええ、ただ問題なのはお母様の蠱術よ。お母様の術なら私たちをすぐ見つけちゃうかもしれないわ」

「……お母様の術はひとさがしにむかないよ。だけど、僕らを呪うか、この蝶をたどればみつけられるとおもう」

炎玲が指を上に向けると、そこにはいつの間にか闇色の蝶がとまっていた。玲琳が子供たちの五歳の祝いに与えた蠱である。

「でも……僕がなんとかするよ。お母様が僕らをみつけるためにおくってきた蠱を、つかまえちゃえばいいんだ。そうすればお母様は僕らのいばしょをみつけられない」

「できるの？」

「数日かくれるあいだくらいはやってみせるよ」

「そうね、あなたならできるわ」

双子はぎゅっと手を握り合い、とてとてと大通りを歩いて行った。

しばらく歩くと人通りが増え、朝の市場らしき場所へとたどり着いた。

「人がいっぱいいるわ」

「おいしそうなにおいがするね」

「わあ！　お饅頭《まんじゅう》が積んであるわ！　何あれすごい！　王宮でもあんなにたくさんのお饅頭見たことないわ！」

二人は小走りで饅頭の積まれた屋台へと突撃した。

「ねえねえ、そこの男、このお饅頭をこの石で買えるだけちょうだいよ」

火琳は屋台の裏で饅頭を蒸している饅頭売りの男に声をかけた。

饅頭売りの男は幼い声に驚いて振り返り、すぐに相好を崩した。

「お嬢ちゃんたち、お使いかい？　残念だけど、石っころじゃあ饅頭は買えないぜ」

はははと笑いながら火琳の手を見て、その小さな手のひらに収まるいくつもの宝石にぎょっと目を剝く。

「何ですって？　これじゃあ足りないの？　じゃあこれならどう？」

火琳は更に金塊を足した。火琳の声は美しくよく響き、辺りを歩く人々の足を止めさせた。道ゆく人々は幼い少女の小さな手に積まれた宝石と金塊に仰天し、辺りはにわかに騒然となった。

二人がもう少しおどおどしていたら盗人《ぬすびと》の子供と疑われることもあったろうが、彼らの堂々とした佇まいと手入れの行き届いた髪や手は、この幼子たちがやんごとない身分の子供たちであると想像させて余りあるものだった。

饅頭売りはごくりと唾を呑んだ。

「お嬢様……困りますよ。うちは堅気の商売で……」

「何言ってるのよ、これでも足りないっていうの？」

そこで周囲に集まる野次馬の一人が前に出て、自分の懐からいくつかの硬貨を取り出し饅頭売りに渡した。

「お饅頭、三つちょうだい」

艶美な声で指を三本立てたのは、雷真の許嫁である珠理だった。双子にとっては憎い敵ともいえる存在である。

何故この女がここにと驚き、双子の表情はみるみる険しいものになった。

しかし珠理はふふっと笑ってその視線を受け流す。

「これはこれは、珠理お嬢様じゃありませんか。ああ、よかった……苑家ゆかりのお嬢様とお坊ちゃまだったんですね。お代なんてとんでもない。どうぞ好きなだけ持っていってください」

饅頭売りはほっとしたようにへこへこと頭を下げた。

「ありがと、じゃあもらうわ」

珠理はそう言って湯気の立つ大きな饅頭を手に取り、それを一つずつ火琳と炎玲に手渡した。

「ほら、行くわよ。ついてらっしゃいな」

そう言って、珠理は饅頭をばくっとかぶりながら歩き出した。

双子は一瞬顔を見合わせると、彼女のあとについて歩き出した。

人通りの少ない裏通りまで来ると、珠理はその辺に置いてあった木箱に座った。

「王子様も王女様もお座りになれば？」

火琳と炎玲は一定の距離を取り、じっと珠理を睨みつける。

秋茗が泣く原因になったであろうその女のことを——

「お前、私たちをつけてきたの？」

火琳は威圧感のある瞳で珠理を睨みつける。珠理はくすっと笑って肩をすくめた。

「夜遊びして朝帰りするところだったのよ。そしたら見覚えのある王女様と王子様が騒いでいたってわけ」

その不埒な答えに双子の嫌悪感は募ってゆく。この女を黙らせて痛い目に遭わせてやりたいという幼稚で凶暴な思いが湧く。

「……もうすぐここにお父様がいらっしゃるわ。お父様にお願いすれば、お前と雷真の縁談なんか一瞬で消滅するんだから」

火琳は感情のままに言った。単なる感情の発露ではあったが、行動に起こせば間違いなく実現するであろう未来だ。

だというのに、珠理は少しも動じた様子がない。

「へー え……いやだわ、せっかく助けてあげたのに、お二人は私が嫌いみたいね」

「お前は雷真を苦しめてるわ！」

「そうよ、でもじゃあ……何故雷真が苦しむのか分かる？」

「そんなの知らないわ。お前が何をしようと、私はお前から雷真を守るの！」

「無理よ」

薄い笑みを浮かべて珠理は断言した。

「彼はあなたたちを選ばない。天秤《てんびん》の上に何がのっていたとしても、彼は必ず私を選ぶわ」

「嘘よ！　雷真が何より優先するのは、お父様の命令と私の命だわ！」

「いいえ、彼は私を選ぶわ。私を選んで……そのまま自害するかもね」

あまりの言葉に火琳は凍り付いた。

幼い少女の想像力は、その残酷な現実をありありと脳裏に描き出した。

「そんなの……ありえないわ」

「いいえ、必ずそうなるわ。何故なら――私が彼の弱みを握っているからよ」

珠理はそう断言した。それは図らずも、双子がいつか抱いた妄想と合致していた。

「お前……雷真を脅してるの？」

火琳は驚愕の表情を浮かべる。

「ええそう。私は彼の秘密を知ってるわ。だから彼は私の言いなりなの。いずれ私とあなたたちの間で引き裂かれて死んじゃうかもね。そうなったら嫌でしょ？」

珠理は同情するように優しく微笑みかける。

「雷真を守りたいんでしょ？」

双子は警戒したまま答えない。それでも珠理は言葉を重ねてくる。

「だったら……ねえ、私と手を組みましょうよ」

それは想像もしていなかった提案で、炎玲は疑《うたぐ》るようにまじまじと珠理を見上げる。

「……僕たちとあなたが手をくむの？」

「ええそう、あなたたちにお願いしたいことがあるの。叶えてくれたら、雷真を解放してあげる。結婚なんてしないし、二度と意地悪もしないわ」

珠理の笑みは幼子をあやす優しいものへと変わっていた。

炎玲は更に警戒心を強めた。

「僕たちになにをしてほしいの？」

「あのね、このお薬を夏泉様に飲ませてほしいのよ」

珠理は胸元から小さな紙包みを出した。

「……なんの薬？」

「夏泉様の病に効くお薬。夏泉様は病気だわ、だけど薬を飲んでくださらないの。あの人は飛国の血を引いていて、飛国の神を信仰しているから、そのせいで薬は飲めないんですって。だから、あなたたちからこの薬を飲ませてほしいのよ。いくら夏泉様でも、王女と王子に命じられれば薬を飲んでくださるでしょうからね」

「……………僕らがそれをことわったらどうするの？」

「そうねえ……雷真がずーっと隠し続けてきた秘密をばらすわ」

にたりと凶悪な笑みを浮かべる珠理を見て、火琳が炎玲の手をぎゅっと握った。

双子は目を合わせ、頷き合い、決然と珠理を見据えた。

「わかった、あなたと手をくむよ」

炎玲がそう言って手を伸ばす。

珠理は満足そうに笑い、立ち上がって小さな手に紙包みをのせる。

「これで私たちは仲間ね？　私はこれ以上雷真を虐《いじ》めたりしないし、あなたたちは私の望みを叶えてくれる。約束よ？」

珠理は艶めかしく首をかしげてそう言った。


その頃苑家では、屋敷中の者たちが大騒ぎをしていた。

「今すぐ兵を総動員して街中捜索させろ！」

そう叫んでいるのは、最も取り乱した雷真である。

「落ち着け馬鹿野郎！　ここは玲琳様の力に頼るべきだろうが！」

風刃がそう怒鳴り、客間で考え込んでいる玲琳に詰め寄ってくる。

「玲琳様！　今すぐ二人を捜してください！　あなたならそのくらい簡単なはずだ！」

「すみません……私が気づいていれば……」

秋茗が床に座り込んで、手をきつく組み合わせながら呻いた。

「あああ……私が苑家の侍女たちと一晩中賭け札なんかしていなければ」

今回は役目を忘れてのんびり楽しむと決めていた葉歌が、後悔にへたりこむ。

「秋茗！　葉歌さん！　今は後悔してる場合じゃねえよ。玲琳様、頼みます！」

彼が怒鳴るように言ったその時、苑家の侍女が駆け込んできた。

「大変です！　珠理様が夜遊びから戻っていらっしゃいました！」

「ああん？　死ぬほどどうでもいいわ！　今それどころじゃねえ！」

乱暴に返した颪刃の圧にひるむことなく、苑家の侍女は首を振った。

「いいえ、それだけではないのです。珠理様は……王女殿下と王子殿下と共に戻っていらっしゃったのですわ！」

「何ですって!?」

今度は玲琳が仰天した。

するとそこへパタパタと小さく軽快な音をさせて二人の幼子が駆け込んできた。

「お母様、ただいま」

「ただいまかえりました」

子犬のごとく駆けてくる子供たちを受け止め、玲琳は目をぱちくりさせた。

「お前たち、どうして帰ってきたの？」

家出した幼子の帰宅を知った母親の言葉としてはあまりにも不適切であったが、この双子がそう易々と自分の考えを曲げるような子供ではないと知っている玲琳には、不思議でならなかった。

「運が悪かったの、途中であの女に見つかっちゃったのよ。でも私たち、まだ諦めてないわ。何としても雷真を守ってみせるんだから」

強い眼差しが玲琳を射る。そこに鮮烈な本気を感じ、玲琳は腹を括った。

「そう、お前たちはそんなに雷真のことを考えているのね。そこまで言うなら分かったわ、私も覚悟を決めてここへ呼ばれた目的を果たすことにするわ」

突然の宣言に、その場の全員がきょとんとした。玲琳が何のためにここへ呼ばれたのか、その真実を彼らは知らない。

玲琳はくるりと振り返り、怪訝な顔をしている雷真に正対した。

「雷真、私はお前の結婚を許さないことにするわ」

雷真は一瞬固まり、直後ぽかんと口を開けた。同じ部屋の中で聞いていた風刃も、珠理も、双子も、みな同じく驚いている。

「お前の母と兄にその旨を伝えるわ。聞き入れられなければ鍠牙に来てもらいましょう、あの男に命じてもらう。お前の母と兄がそれでも縁談を進める強靱《きょうじん》な精神の持ち主であれば、その時は別の方法を考えなくてはならないけれど。とにかく私は、お前が珠理と結婚することを全身全霊で阻止するわ。そう決めた」

「お妃様には……関わりのないことと存じますが……そもそもこのようなことで陛下のお手を煩わせるのは……」

放心したまま呟く雷真の表情に、困惑とわずかな安堵が見え隠れする。

「大丈夫よ、お前は珠理と結婚しなくていい。私がそのように計らう」

玲琳が力強く言うと、彼は黙り込んでしまった。すがりたい思いと、それを屈辱と感じる気持ちがせめぎ合って、どう反応していいのか分からないと見える。

「お前の母にそう言ってくるわ。今日にでも、お前の縁談は破棄されるでしょう」


夏泉は眠っているとかで、面会するまで少し待たなければならなかった。

ようやく彼女が目を覚ましたと聞くと、何故か子供たちも夏泉に会いたいと言い出した。玲琳は双子を連れて夏泉の部屋を訪《おとな》うことにする。

夏泉の部屋を訪れると、女主は昨日より顔色が良く、身なりを整えて玲琳たちを迎えた。控えている侍女たちが、心配そうにその様子を見守っている。

「まあ……王女殿下と王子殿下ですわね？　ご挨拶が遅れて申し訳ございません。本来ならば、私の方から出向くべきでしたのに……」

夏泉は幼い王子と王女に恭しく礼をした。

「あのね、私たちお前に言いたいことがあってきたのよ」

「いったい何でしょう？」

夏泉は不思議そうに首をかしげる。

「お前は女を見る目がなさすぎるわ」

キリリと眉をつり上げて、火琳はそう断言する。

夏泉は驚きに目をぱちくりさせた。

「自分がとんでもない毒婦を息子の許嫁にしてしまったって気づかないの？　そんな女に目をつけられた雷真が可哀想でしょ。少しは考えてあげなさいよ」

子供らしからぬ——あるいは子供らしくきつい言葉を重ねられ、夏泉は言葉を失う。

「火琳、いいすぎだよ」

そこで、隣でおとなしくしていた炎玲が姉を窘《たしな》め、ぴょこぴょこと前に出た。

「ひどいことといってごめんなさい。これ、おみまいです」

炎玲は手に持っていた紙包みを夏泉に渡す。

「え？　お見舞いですか？　ありがとうございます」

夏泉は困惑しながら両手で紙包みを受け取った。中を開くと赤い飴玉《あめだま》が出てくる。

「まあ……せっかくですからいただきますわ」

夏泉は戸惑いつつ飴玉を口にする。

「どうですか？」

「甘くておいしゅうございます。ありがとうございます」

夏泉は片っぽの頬をふくらませて小さく笑った。成り行きを見守っていた侍女たちが、微笑ましいものを見たように表情をほころばせる。

炎玲はほっとしたように肩の力を抜き、火琳の手を取った。

「それじゃあ僕たち、しつれいします」

そう言ってぺこっと頭を下げると、二人は一目散に部屋から出て行った。

その足音が遠ざかると、部屋の中はしんとなった。

「さて……と、それでは本題に入りましょうか」

玲琳は胸の前で軽く両手を合わせ、話を切り出すことにした。

「お前の依頼、断らせてもらうわ」

「まあ……それはどうしてでしょう？」

夏泉は悲しげに眉を下げた。

「私は雷真が可愛いから、彼が望まないことはしないということよ」

すると夏泉の表情が色を変えた。かすかな怒気を滲ませているように見える。

「……お妃様は本当に蠱師なのですよね？」

「あら、疑うの？　私は頭のてっぺんから足の先まで余すところなく蠱師だわ。それ以外の何者でもない」

玲琳は美しい指先を己の胸に当てて誇った。

「でしたら、金銭次第でどんな依頼も受けるのが蠱師ではありませんの？」

夏泉は立ち上がってすがるように玲琳の腕を摑んだ。その途端、玲琳の袖口から蛇が飛び出し、威嚇するように牙を剝く。

「きゃあああ！」

すぐそばにいた侍女たちが悲鳴を上げて部屋の端まで逃げた。

夏泉は目を大きく見開いて蛇に見入る。

玲琳はすぐに蛇をひっこめた。

「不用意に触れるのはおやめ。次は毒牙がお前を貫くかもしれないからね」

玲琳が高慢な口調でそう言うと、夏泉はぐらっと体を傾《かし》がせた。そのままばたっと床に倒れてしまう。

驚いた侍女たちが駆け寄ってくる。

「大丈夫？　やはり具合が悪いのではないの」

玲琳も案じるようにしゃがみこみ、彼女の肩に手を当てた。軽く揺すると、彼女の体は何の抵抗もなくごろんと仰向けになる。うっすらと開かれた目には光がない。口から異臭のする赤黒い血が大量に吐き出され、床を染めた。

「え……？」

その異様に玲琳は眉を顰めた。すぐさま手を取り、脈を診る。思わず息を吞む。

「……お前……死んでいるの……？」

夏泉はあまりにも呆気なく、何の前触れもなく……死んでいた。

その呟きに、侍女たちが先ほどとは違う悲鳴を上げた。

「奥方様！」「うそ……息がないわ！」「ひっ……まさかお妃様が……!?」

彼女たちは混乱して喚《わめ》き、そして玲琳を見上げた。その瞳には、深い恐怖と猜疑の色がありありと宿っていた。

「ああ……本当になんということかしらね」

玲琳は眩暈《めまい》がするような思いで呟いた。


その出来事が一瞬にして屋敷中に伝わったのは言うまでもない。

たちまち屋敷中の者が集まってきた。苑家の者たちは女主人の遺体を前に泣き叫び、玲琳の従者たちは蒼白な顔になった。そしてそのいずれにも属する雷真は——顔色一つ変えず淡々と母親の亡骸《なきがら》を見下ろしていた。

「お妃様、いったい何があったのですか？」

険しい顔で聞いてきたのは、雷真の兄である喬鎧だった。義理の母の遺体を前に、わなわなと拳を震わせている。夏泉の遺体は彼女の寝台に移され、まるで安らかに眠っているかのようだった。

「話している途中で、突然死んだわ」

玲琳は簡潔すぎて冷たいほどの返答をする。

彼はがくんと膝をつき、夏泉が横たわる寝台の前でうなだれた。

「ここしばらく案じていたのです。体の具合が悪いようだと……。ずっと会いたがっていたお妃様の訪問で、少しは気力を取り戻してくれたかと思っていましたが……」

彼は夏泉の死を病によるものだと思っているようだったが、泣きはらした目をした侍女が悲鳴のような声で叫んだ。

「いいえ！　こんなのおかしいですわ！　奥方様は体調がいいご様子でしたもの！　こんな風に突然……ありえませんわ！」

「ええそうね、その通りよ」

玲琳は軽く腕組みして思案しながら、侍女の言葉に同意した。

「この女は病で死んだのではないわ、吐いた血から毒の匂いがするもの。夏泉は、毒殺されたのよ」

毒殺――その言葉が室内に浸透すると、夏泉の周りに集まって彼女の突然の死を嘆き悲しんでいた屋敷中の人間が、にわかに騒然となる。

「あ、あなた様が夏泉様に毒を盛ったのではないのですか!?」

涙をこぼしながら叫んだのは、ずっとこの部屋に控えて一連の成り行きを見ていた侍女だった。

「あなた様の出したあの蛇が、奥方様を殺したのでは？」

その言葉で、全員の視線が玲琳へと突き刺さる。玲琳が何者であるか、知らぬ者はいない。あらゆる毒を扱い人を呪い殺す術者。それが今、彼らの目の前にいる女の正体である。

無論玲琳には寝耳に水の話だ。何という屈辱的なことであろうか……犯人と疑われていることが――ではなく、夏泉が目の前で毒殺されるまで、毒の存在に気づかなかったことが屈辱なのだった。

いったい誰が、何のために夏泉を毒殺したというのか……

「お妃様、それは本当のことなのですか？　あなた様が夏泉様に毒を……？」

喬鎧が生真面目な顔を険しくしてそう問い質してくる。

「いいえ、私ではない」

しかしその言葉を聞いても、周囲の猜疑に満ちた眼差しは緩むことがなかった。

「……とにかくこのことは、王宮の楊鍠牙陛下に報告いたします」

喬鎧が、疑いの色を宿したままそう言った。

「好きになさい」

苑家の家人たちは、どうやら完全に玲琳を犯人と思っているらしい。玲琳の無実を信じてくれるのは、王宮から伴ってきた従者たちだけのようだ。

「お妃様、なんて大変なことをしてくれたんですか」

玲琳が半ば監禁されるように客間へ押し込められると、葉歌が頭を抱えてぼやいた。

「よりによってこんな大貴族の奥方を毒殺するなんて……いったいどんな気に入らないことをされたっていうんです？」

何ということであろうか……どうやら従者たちも玲琳の味方ではないらしい。

「お前たち、まさか本当に私が彼女を毒殺したとでも思っているの？」

「えっ……まさか違うんですか？」

驚愕の表情を浮かべる葉歌。

「私はもしかしたらお妃様ではないかもしれないと信じていました」

などと言う秋茗。

「いや、俺は玲琳様が犯人でも全然気にしませんから！」

などとほざく風刃。

「お前たちは本当に私を何だと思っているのかしらね」

玲琳は口元を引きつらせて言い返した。

敵でもない女を何の依頼もなく殺害するほど玲琳の蠱術は安くない。

「何者かが私の隙をついて、あの女に毒を盛ったのでしょう」

「蠱毒でしたか？」

葉歌が少し真面目な顔になって確認してくる。

「分からないわ、遺体を調べさせてくれれば分かるけれど」

「いや、そりゃ無理でしょ。この屋敷の連中はみんな玲琳様を犯人だと思ってますから、部屋からも出してもらえないかもしれないですよ」

風刃が大げさに手を振りながら言った。

「それは困ったわね……」

玲琳は椅子に腰かけ、軽く腕組みして考え込んだ。すると――

「お妃様、今すぐ王宮へ戻りましょう」

ずっと黙って部屋の端に控えていた雷真がそう進言してきた。

そう――彼はさっき母を失ったばかりだというのに、その犯人と目されている蠱師の傍に平然と侍《はべ》り、いつも通りの顔をしているのだ。その様は常態が過ぎて異常ですらあった。

「殺人犯などという危険人物がいるのですから、今すぐ安全な場所へ帰るべきです」

「……殺されたのはお前の母だわ。お前は母の仇《かたき》を取りたいと思わないの？」

「それは私の仕事ではありません」

薄情なほどの冷たさで雷真は断言する。

「おい、てめえの親だろ」

風刃がたまらずそう言っていた。雷真は冷ややかな目で風刃を睨む。

「親だというだけで全てを受け入れられるほどこの世が甘くないことは貴様も知っているはずだ」

その言葉はすなわち、雷真にとって夏泉という母親が決して失いたくない存在ではなかったということだ。

雷真は……母の死を悲しんでいない……？

「お妃様、すぐに出立しましょう」

雷真は顔色一つ変えずに再び迫ってくる。

玲琳は一考し、雷真を真っ直ぐ見返し、そしてにこりと笑った。

「帰りたければお前たちだけ帰りなさい。私は帰らないわ」

「何故です？」

雷真の眉間に深い皺が寄る。玲琳はひらりと手を広げて愉快そうに笑ってみせた。

「こんな楽しい余興を前にして帰るなど、ありえないでしょう？」

「何が楽しいのですか！」

途端に雷真は激した。

「くだらないことを言うのはやめていただきたい！　一刻も早くここから立ち去るべきだ！」

まるでここが危険な場所であるかのように言う。

「ダメよ」

玲琳は笑みを収め、目を鋭く細めた。その豹変《ひょうへん》ぶりに雷真は息を呑む。

「蠱師の目の前で毒殺を行うような不埒者が近くにいるのよ。これを放って逃げ帰るなど、蠱毒の里の次代の里長の名折れだわ。お前は私に死ねというの？」

「な……そんなことは……」

「この件はお前に何の関わりもないこと。これは蠱師である私の誇りの問題なのよ」

玲琳は傲然と言ってのけた。

お前の母の仇を取ってやる――などと言っても、雷真は受け入れまい。ならば玲琳は、どこまでも残忍で非情で悍ましい蠱師の姿を貫くしかなかった。

「私が毒殺犯を見つけ出してみせるわ。それまではここから帰らない」

雷真はとうとう反論するための言葉と気力を失った。

背後では葉歌がため息をつき、その隣では風刃がぐっと拳を固めた。

「とにかく夏泉の遺体を調べましょう」

そう言って部屋を出ようとすると、ちょうど向こう側から扉が開き、苑家の当主である喬鎧が現れた。

「どこへ行かれるのですか？　お妃様」

「夏泉の遺体を調べるわ」

「それは許可できません。お妃様にはここから動かないでいただきたい」

玲琳の眉がぴくりとはねる。

「面白いわね。お前は何の権利があって私の行動を制限しようというの？」

蠱師の剣呑な脅しを受けても、しかし喬鎧は眉一つ動かさなかった。

「どのような脅しでもなさるがいい。あなた様が何者であっても、殺人犯の疑いがある限りここから出すことはできません。私には家の者と領民を守る義務があります」

頑として言う彼に、玲琳は怒りを削がれた。

雷真とはあまり似ていないその顔を、まじまじと見つめる。

「……お前と雷真は血が繋がっていないと聞いたわ」

何げなく零したその言葉に、喬鎧は顔をしかめる。

「それが何だというのですか」

「けれど……お前は雷真の兄だね、よく似ている」

玲琳は思わずふふっと笑った。喬鎧は虚を衝《つ》かれて狼狽《うろた》える。

「いいわ、領主たるお前の言葉を尊重し、支持しよう。ここはお前の屋敷、お前の支配領域。私はお前の言う通り、ここから出ない。その代わり、王宮から人を呼ぶわ」

「……もちろん、王宮へはすでに知らせを送っています。半月もしないうちに返答があることでしょう」

「分かったわ、王宮からの使者が来るまで私はここにいるわ。その者が私を調べれば無実はすぐに分かるはず」

きっぱりそう宣言すると、こうあっさり受け入れられると思っていなかったのだろう喬鎧は意外そうにしていたが、咳払いして背筋を正した。

「そう願います。では失礼」

そう言って、彼は客間を出て行った。

「お妃様、本当に半月もこんなところに閉じこもってるつもりですか？　出たければいくらでもお手伝いしますわよ」

葉歌が心配そうにそう申し出てくるが、玲琳は首を振った。

「いいえ、大丈夫よ。数日のうちに使者は来るわ。まあ、待っていなさい」

玲琳の言葉に一同は怪訝な顔をする。ここから知らせを送り、王宮から使者が来るまでどんなに馬を飛ばしても十日はかかる。

玲琳は彼らの疑問を放置して部屋を見回し、そこでふと気が付いた。

「そういえば……子供たちはどうしているの？」

部屋の中に子供たちの姿は見えない。夏泉の部屋から先に戻ったはずだが……

「あ……火琳様と炎玲様は、さきほど夏泉様がお亡くなりになったと知って、続きの間に閉じこもってしまわれました。さっき会ったばかりの方が亡くなって、お辛かったみたいで……。申し訳ありません、お耳に入れるべきではなかったのですが、お屋敷中が騒ぎになってしまっていたものですから……」

秋茗が自分の失態だとでもいうように悔しげな顔をした。

「そう……」

玲琳もいささか暗い面持ちになり、子供たちが閉じこもっているという続きの間の扉を見る。

「仕方がないわね、落ち着くまでそっとしておきましょう」

突然見舞いに行きたいと言い出して、少し不自然だった子供たちの態度を思い出す。何かおかしなことに関わっていなければいいのだが……そう考えていると、引きずられるようにもっと厄介な男のことを思い出した。

果たして玲琳がここへ来ることを許した鍠牙は、こんな事態になると予測していたのだろうか……？

「どうしよう……どうしてこんなことになっちゃったの……」

暗い部屋に閉じこもり、火琳は弟と身を寄せ合って呟いた。

「私たち……何か間違ったことをしちゃったの……？　こんなことになるなんて思わなかった……こんなつもりじゃなかったわ」

「僕らのせいじゃないよ、火琳。僕たち、なんにもまちがったことしてないよ」

炎玲は姉の手を強く握り、自分に言い聞かせるように言う。

「……そうよね、私たちのせいじゃないわよね」

「うん、僕らのせいじゃないよ」

二人は泣きそうになりながらそう呟き合った。

黙ってしまうと部屋の中は暗く静まり返り、二人はますます不安になる。

「ねえ……お母様にそうだんしたほうがいいかな？」

炎玲がぼそりと聞くと、火琳は勢いよく顔を上げた。

「ダメよ！　誰かにしゃべったらあの女が雷真に悪いことをするわ！　秘密をばらすって言ってたじゃないの！」

「そうだよね……だまってるしかないよね……」

「そうよ、誰にも言っちゃダメ。最後まで隠し通すの」

子供たちは小さな手を握り合い、部屋の片隅でぎゅっと丸くなるしかなかった。

第三章　恋迷路

当主である喬鎧の宣言通り、玲琳はその日から必要最低限の用事以外部屋から出ることを禁じられた。

無論この屋敷の人間に王妃を拘束する権利などありはしなかったが、玲琳は彼の意思に従った。喬鎧の覚悟を潔しと感心したからである。

そうして二日ほど閉じ込められた果てに、玲琳は王宮からの使者が訪れたと聞かされた。

「信じられませんわね、こんなに早く王宮から使者が来るなんて、お妃様……いったいどんな術を使ったんです？」

「蠱師なのだから、もちろん蠱術を使ったに決まっているわ」

玲琳は笑みを添えてそう言うと、客間を出た。

使者が待っているという部屋へ案内される。

その部屋に入室し、そこで待っていた男を目の当たりにして、玲琳は口元をほころばせた。

「いい子で私の呼び声に応えたわね、鍠牙」

そこに立っているのは夫の鍠牙だった。

彼は玲琳を見るなり、ふらふらと力なく歩いてくる。玲琳が大きく腕を広げて迎えると、鍠牙は玲琳に抱きつくような格好で倒れこんできた。

「ずいぶん手荒な呼び出し方じゃないか……姫……」

息も絶え絶えに訴える。

玲琳は小さく笑い、彼の額に手を触れた。彼の中には玲琳の生みだした毒蜘蛛《どくぐも》が仕込まれている。これは玲琳の意思一つで、鍠牙に耐えがたい苦痛を与えるのだ。

玲琳は、それを使った。いくら離れていても玲琳と蟲は繋がっている。だから遠く離れた場所にいる蟲に命じたのだ。鍠牙に痛みを与えろ――と。痛みを感じれば鍠牙はたちどころに玲琳の異変を感じるだろう。そうすれば、ここへ来ないはずはない。

「これ以上は痛めつけなくていいわ、許しておやり」

玲琳が鍠牙の耳元に囁くとようやく蟲は攻撃をやめ、鍠牙はがくんと体の力を抜いた。すがってくる体が重くなり、玲琳はよろめく。

鍠牙はゆっくり体を起こし、新しい空気を取り込むように大きく息をした。

「やれやれ……酷い目に遭った」

苦笑いする——が、彼が本質的な意味でそんなものに痛みを感じないことは分かっている。

「それにしてもずいぶん早かったわね。馬を飛ばしてももっとかかりそうだけれど」

すると鎧牙は「ああ」と頷き、屋外の方を顎で示した。

「黒《くろ》が乗せてくれたからな」

その返事に玲琳は驚く。

「黒が？　お前を乗せたの？」

「ああ、俺は彼と気が合うらしいな、頼み込んだら乗せてくれたよ。一日半でここまで駆けてくるとは足の速い男だ」

「……痛む体で一日半も黒の背にしがみついていたなんて馬鹿な男ね、そこまで私に会いたかったの？　私がいなくて寂しかった？　一人ではろくに眠れなかったのでしょう？」

「それはもちろん。あなたがいなくて寂しい毎日を送っていた男に、優しい言葉をかけてはいただけないのですか？　姫君」

彼は目の下の汗を適当に拭い、挑発に応えて微笑んだ。

「お前ごとき下郎にかける言葉など持ち合わせてはいないわよ。私がどれほど大変な目に遭ったと思っているの」

するとと鍠牙は少しばかり真剣な顔になる。

「いったい何があった？」

「雷真の母が毒殺されたわ。私は今犯人の容疑をかけられている」

玲琳は端的に説明した。鍠牙は驚きに目を見張り、玲琳の肩を両手でつかんだ。

「そうか……それは大変だったな。で？　何故殺したんだ？」

お前もかと玲琳はうんざりし、彼の手を雑に払う。

「期待に沿えなくて悪いけれど、私は殺していないわ。そもそも私が苦労したのはそれだけではなく……もっと大変な事態に巻き込まれていたのよ」

思わず額を押さえて淡いため息をついた。

そう、殺人事件どころではない。玲琳は他人の色恋沙汰などという、最も苦手な分野の騒動に巻き込まれていたのである。

「まあ、お前に説明しても詮無いことだわ」

ひらりと手を振りそう言い捨てる。

「事情は分かった。じゃあ皆で王宮に帰るとするか」

鍠牙は軽く玲琳の手を握って言った。

いや、何を言いだすのだこの男はと玲琳は憤慨した。

「何を言っているのよ、そんなことができるはずないでしょう？　私の疑いは晴れていないのよ？　これは毒を使った殺人事件、蟲師である私以外の誰が私の無実を証明できるというの。お前を呼んだのは、私がここで自由に動けるよう手伝ってほしかったからよ」

「ははは、あなたこそ何を言ってるんだ、どうしてわざわざあなたの無実を証明する必要がある？　疑いがかかっていたとしても、あなたを罰せられる人間がこの国のどこにいるというんだ。そんな人間はいない、ただの一人もな。あなたは大帝国斎の皇女で、蠱毒の里の次期里長。政治的にも物理的にもあなたを罰することは誰にもできない。まあ、確かにあなたの疑いは晴れないが……誰にどれだけ疑われたところで、あなたは気にもしないだろう？」

彼は平然と言ってのけた。玲琳は目を眇めて夫を睨む。

「愚問だったわ、お前に常識を期待した私が愚かだった」

「蠱師が常識を語る方がよほど愚かだろうよ」

にやりと鍠牙は笑う。

「よくお聞き、鍠牙。蠱師が目の前の毒殺事件をみすみす見逃すなどあってはならないのよ。私は私の名誉のために、犯人を見つけ出さなくてはならないの」

「なるほど、なら一つだけ簡単な方法がある」

彼は軽やかに言った、あまりにも当然とばかりの言い方だったので、玲琳も少し興味が湧いた。

「聞いてあげるわ」

「ここへ紅玉《こうぎょく》を呼べばいい」

その言葉を聞いた途端、玲琳はぽかんと口を開けた。

紅玉というのは魁王宮に勤める占い師だ。

しかし、ただの占い師ではない。彼女はあらゆる過去とあらゆる未来を覗き見ることができる無二の占い師なのである。

なるほど、紅玉であれば犯人を見つけられるに違いない。容疑者の過去を片っ端から覗かせればいいのだ。

彼の言いたいことを全て理解し、玲琳は微笑んだ。ぴきぴきと額に青筋が浮くのを感じる。

「お前は……本気で私を怒らせたいみたいね。蠱師が、毒殺犯を見つけられず占い師に頼るというの？　お前は蠱師である私に死ねとでもいうのかしら？　あまりふざけたことを言うとお前を愛してしまいそうだわ」

優しく淡々と告げると、鍠牙はたちまち真顔になった。

「悪かった、ごめん」

あっさり白旗をあげる。玲琳を本気で怒らせたと感じたらしい。

「あなたがどうしても自分の手で犯人を見つけ出したいというなら仕方がない。俺も協力しよう、好きなだけ手足として使ってくれ」

「邪魔しないと誓うなら使ってやってもいいわ」

「もちろん邪魔などしないさ」

軽やかに笑う鍠牙を見据え、玲琳はまたあの疑問が湧いてきた。

この男は何故、玲琳がここへ来ることを許したのか……

問い質せばその答えは返ってくるのか……

「ねえ、お前は私なしではまともに眠れもしないわね？　私が必要ね？　私がいなければ生きていけないわね？」

何の脈絡もない問いかけに鍠牙は怪訝な顔をし、しかしすぐに応じた。

「当たり前だろう？　あなたと俺を隔てるものがあるなら、人でも国でもこの世界ですら、叩き壊してみせるさ」

その言葉に本気を感じてぞくりとする。身の内から零れる禍々《まがまが》しい毒に思わず笑みが零れかけ、自分のちょろさに呆れる。自分はどうあってもこの男の毒に惹《ひ》かれてならないらしい。

「ならばどうして、私がここへ来ることを許したの？」

「うん？　ああ……そういうことか」

鍠牙は納得したように幾度か頷いた。

「単純なことだよ、ただあなたが喜ぶだろうと思っただけだ。あなたは最近退屈していたようだしな」

「それだけ？」

「ああ、それだけだ」

彼はあっさり認めた。そこに嘘はなかった。玲琳は彼の嘘なら瞬時に見抜いてみせる。もっとも、鍠牙はどんどん嘘が上手くなっているから、玲琳とてその嘘を見抜けない時もあるが、これは嘘じゃないと感じた。

玲琳が外出したがったから外出させた……？　何とも明快な理由に、肩透かしを食らった気分だ。

まさかこの男が、そんな真っ当な理由で玲琳を傍から離そうとは……

「もしかして、私に飽きたかしら？」

ふと思いついて尋ねる。問うてはみたものの、飽きられたところで別段困るわけではない。玲琳は彼の愛を求めていないし、彼がどこまでも暗く澱《よど》んだ毒でいてくれれば、嫌われたとしても構いはしない。

「どうしてそうなる」

鍠牙は呆れた顔になった。

「言っておくが、自分が人から飽きられる程度の真っ当な女だと思っているなら、それはあなたの思い上がりというものだ」

「ああそう？　別に飽きてもいいのよ？　お前の毒さえ独占させてくれるならね」

そう言って玲琳は彼に手を差し出した。彼が玲琳を求めてここまで来たように、玲琳とて彼の毒に飢えていたのだ。

「卑怯《ひきょう》な姫め」

鎧牙は皮肉っぽく笑いながら玲琳の手を取り、抱き寄せようとした。そこへ、

「お妃様、使者というのはいったいどなたが……」

そう言いながら雷真が部屋に入ってきた。その後に続いて風刃も足音荒く入室する。

「ああ、よくやってくれているか？」

鎧牙が労《ねぎら》うように笑いかけると、二人はそれを見て啞然とした。

「へ、陛下……？」

「え、マジですか？　何やってんですか？」

「妻と子を迎えに来た」

「帰らないと言っているでしょう？」

「だそうだ」

鎧牙は苦笑しつつ肩をすくめた。そして放心している雷真に労《いた》わるような眼差しを

向ける。

「聞いたぞ、母君が亡くなったそうだな」

雷真は別段表情を変えることなく首肯した。

「……はい、陛下自ら足をお運びいただくことになり、申し訳なく思っています」

「いや……お前も大変だったろうな」

ここまではありふれたやり取りであった。が——

「母が死んで悲しかったか？」

鍠牙はそう言葉を重ねた。母親を殺されたばかりの者にかける問いとしてはあまりにも無神経と言える。

しかし雷真はそれでも大きな反応は見せなかった。

「いえ、そんなことを考える余裕はありませんので」

淡々とそう答えたのである。鍠牙はそれを聞いてわずかに口角を上げた。

「そうか……ならば、母が死んで安堵したか？」

玲琳は夫の脳にカビでも生えたのかと驚き、風刃もぎょっとした顔になった。

雷真も表情をこわばらせ、何か訴えるように幾度か唇を動かし、

「……そのようなことは」

そう言葉を濁した。

玲琳は鍠牙を鋭い目で観察した。この男が何を言わんとしているのか、よく理解できなかった。

雷真と母親の関係を、玲琳ははっきりと認識できていない。親子が会話する場面を目撃することはとうとうなかったし、お互いがお互いを語る場面には常に珠理の存在が挟まっていた。

ただ、夏泉は嫌がる息子を惚れ薬まで用いて結婚させようとしていた母親であり、雷真は玲琳がここへ来ることを激しく拒んでいた息子である。

鍠牙の今の問いかけは、親子の裏にある何かを知っているような物言いに聞こえた。

玲琳は疑わしげに夫を見据える。彼は平然と胡散臭《うさんくさ》く笑い、

「ならばよかった」

そう話を締めくくった。そしてふと周囲に目を走らせる。

「それはそうと、子供たちは元気か？　今どこにいる？」

「火琳様と炎玲様は、我が母の死を知って衝撃を受けてしまい、お部屋に閉じこもっておられます。秋茗がつきっきりで世話をしておりますので、お体に問題はありませんが、そのことも大変申し訳なく思っています」

雷真のその説明を聞き、鍠牙の表情はたちまち渋いものになった。

「何ということだ……可哀想に……」

「申し訳ございません」

雷真はもう一度謝罪の言葉を口にした。

「いや、お前が気に病むことはない。事件を解決して王宮へ戻ればすぐ元気になるだろう」

鍠牙はそう言って玲琳の方を向いた。

「姫、子供たちのためだ。一刻も早く犯人を見つけ出してくれ」

「……お前に言われるまでもないわ」

いつものように言いながら、玲琳の胸中には再び深い疑念が生じていた。

やはり、鍠牙が玲琳をここへ来させたのには何か裏があるのだ。

この男は嘘吐きだ。息を吐くように嘘を吐き、それに何の罪悪感も抱かない。この事件の裏にいったい何が隠されているというのか……

しかし問いただしたところで素直に答えるとも思えなかった。

ならば玲琳がすることは一つである。

「事件解決を望むなら、夏泉の遺体を私に調べさせなさい。いかなる毒で殺害されたのか、何者に毒を盛られたのか、私が突き止めてあげるわ」

この二日間ずっと落ち込んでいた子供たちは、父を見るなり顔を輝かせた。

「お父様!?」

「うわあああん、お父様！」

双子は子犬のように駆け寄って鍠牙に抱きついた。

鍠牙はしゃがんで二人を受け止め、力いっぱい抱きしめる。

「お父様が来てくださってよかったですね、お二人とも」

ずっと子供たちの傍にいた秋茗が、ほっと胸を撫で下ろしながら言った。

「お前たちに会えなくて寂しかったよ」

鍠牙は万感の思いを込め、子供たちを抱く腕に力を込めた。

双子は父の胸に頭をこすりつけて、離れまいとしがみつく。

「どうした、怖いことがあったのか？」

鍠牙が優しく声をかけるが、二人は顔を上げようとしない。父に縋ったまましばしの沈黙を守り、そして小さな口を開いた。

「あのね……ちょっと前まで生きてた人が……死んじゃったの。あんなに簡単に人が死んじゃうなんて……私、知らなかった……」

火琳が顔を伏せたままくぐもった声でそう言った。

「僕も……こわかったよ、お父様……」

炎玲もひっくひっくとしゃくりあげながら零す。

初めて身近に死を感じ、二人の幼子は酷く怯えている様子だった。

「そうか、可哀想に……だけどもう大丈夫だ。お父様が来たから、これ以上怖いことは起きないよ。だから泣かないでくれ」

鍠牙は子供たちの背を撫でて慰める。

「泣いてなんかないわ。私、そんな弱い女じゃないんだから」

火琳はぱっと顔を上げた。目が赤くなっていたが、泣いてはいない。気位の高いこの王女は、滅多なことでは人前で泣かないのだ。

炎玲もぐいぐいと涙を拭いて顔を上げる。

「そうか、二人とも強い子だ」

鍠牙は優しく笑いかけると、後ろで見守っていた玲琳に振り向いた。

「さて……王宮へ帰るためにも早々に事件を解決してもらうとしようか、姫」

「ならば、私がここで自由に動けるよう取り計らってちょうだい。不埒な犯人一人くらい、たちどころに見つけてみせるわ」

玲琳は腰に手を当ててそう要求する。

子供たちがそのやりとりを聞きながら目配せし合ったことに、気づいた者は誰もいなかった。

屋敷の主である喬鎧に面会を求めると、彼は鍠牙を見て酷く驚いた。

「まさか陛下自らお越しになるとは思いませんでした」

彼の部屋は領主のものと思えぬほど簡素で、それは彼自身を映し出しているかのような頑迷さが感じられる。

「妃が疑われていると聞いてはいてもたってもいられなくてな」

鍠牙はいかにも妃を案じる王の態度で言った。傍らに立っていた玲琳は、その外面をうそ寒く盗み見る。

喬鎧は容易く鍠牙を信じ、深刻な面持ちになった。

「しかしいったい、どのようにしてこんなにも早く……」

「なあに、蟲の知らせを聞きつけて、風に乗って飛んできたまでのことだ」

ほぼ脚色のない事実である。が、喬鎧は冗談と思ったようで、それ以上追及してこなかった。

「とにかく、たとえお妃様であろうと国王陛下であろうと、殺人の疑いがかけられた人物を野放しにすることはできません」

彼はどこまでも頑迷である。

「そうだな、だが真犯人が見つかれば妃の容疑は晴れるだろう」

「あなた様が真犯人を突き止めてくださると……？」

両者の間にひりついた空気が流れる。鍠牙はそれをふっと笑い飛ばした。

「俺たちが熱を上げる必要はない。毒のことは毒に詳しい者が調べればいい」

「まさか……」

「ああ、妃が自ら調べればいい。彼女は誇り高い蠱師だ。毒に関して嘘は吐かない。そして俺も、この国を統治する者として、決して嘘は吐かないと誓おう」

などと華麗に嘘を吐く鍠牙を、玲琳は呆れ半分感心半分に見やる。本当にどの口が言うのだという感じだ。

「おかしなことが起きないよう、俺自ら妃を見張ろう。それでも不安ならば、雷真を見張りにつけるといい。弟の言葉であれば信用できるだろう」

鍠牙は安堵させるように力強く言う。しかし喬鎧はたちまち表情を曇らせた。

「雷真を見張りにつける必要はありません。あれは信用できない」

強固な拒絶の言葉が発せられ、兄弟間の深い溝を感じる。

「何故信用できないの？　あれほど正直な男もそうそういないと思うけれど？」

玲琳は軽く腕組みし、かすかな非難を込めて問いただした。

兄に気を遣っていた彼のことを思い出す。血の繋がりのなさがそうさせるのか……

はたまた別の理由があるのか……見定めようとする玲琳に、喬鎧は表情の険しさをわずかも緩めず言った。

「失礼ながらお妃様は、雷真をあまりご存じではないと見える。あれは私を安心させるためなら平気で嘘を吐きます」

その返答に玲琳はきょとんとする。何だ……？　話の毛色が少し……変わった？

喬鎧は渋面のまま言葉を重ねる。

「怪我をした時などは大抵隠します。痛くないとか大したことはないとか言って、平気な顔をするのです。それで後から高熱を出して、危うく死にかけたこともあるくらいなのです。困っている時も全く周りを頼ろうとしません。何でも自分で解決しようとするのです。いつだったか盗賊と戦うことになり、その時も一人で死にかけて……あれは一見しっかりして見えますし、頭もいいですし、剣の腕は確かですし、見目形も優れていて、家族思いで優しくて……本当にいい子なのですが、とにかく自分を顧みないのです！」

呆気にとられる玲琳の前で、喬鎧の熱弁は続く。

「苑家の血を引いていないことを気にしているのでしょう。とにかく遠慮ばかりして、なかなか本心を打ち明けてはくれません。私には娘しかおりませんから、いずれは雷真の子と娘を娶わせて当家を盛り立てていければと思っているというのに、あれは勝手に家を出て、縁談も反故《ほご》にしようとしている。理由を聞いても何も言わない。どうせ私や家のことを思って遠慮しているに決まっています！　そのような者をどうして信用できましょうか！」

彼は拳を握って力説した。

自分はいったい何を聞かされているのだと、玲琳は目を白黒させた。

「ははは、相変わらずだな、喬鎧殿」

鍠牙は軽やかに笑い飛ばす。どういうことだと目線で説明を求める玲琳を無視し、鍠牙は喬鎧を説得する。

「ならばやはり我々を信じてもらうしかない。弟を信用できないのは分かるが、俺のことだけは信じてもらえないだろうか？」

すると喬鎧はようやく少し熱が冷めたのか、不承不承頷いた。

「陛下がそこまでおっしゃるならば、これ以上否とは申せません。承知しました、お妃様が犯人ではないというのなら、ご自分の手で真犯人を見つけ出してください」

「尽力しよう」

鍠牙は鷹揚に言って、戸惑う玲琳と共に部屋を出た。

「喬鎧殿はあれで雷真を溺愛していてな。どうやら自覚はないらしいんだが」

説明を求めてぎょろりと睨む玲琳に、鍠牙は苦笑まじりで言った。

「なるほど、分かりやすい説明をありがとう。ならばあの兄弟のためにも、早々に真犯人を見つけなくてはならないわね」

玲琳が改めて決意した時、廊下の向こうから足早に渦中の人が歩いてきた。

「陛下、兄は何と？」

雷真が生真面目な顔で聞いてくる。本当によく似た兄弟だと玲琳は思う。

「喬鎧殿の許しは得た。これから妃が犯人を探し出すから、我々を夏泉殿のいる場所へ案内してくれ」

「……承知しました。ところで火琳様と炎玲様がずいぶん気落ちしておられる様子で、陛下のお戻りをお待ちなのですが……」

「何だと？　それはすぐに戻らなくてはな。雷真、妃を頼む。案内してやってくれ」

鍠牙は真顔でたちまち玲琳を放り出そうとした。さっき喬鎧に誓ったことを、一瞬で裏切るとはどういうことだ……？

呆れる玲琳の肩を、鍠牙は精悍な笑顔でぽんと叩いた。

「あなたを信頼しているよ、姫」

この世で最も信用ならない男の信頼を得て、玲琳はため息をつく。

「はなからお前には期待していない。私が自由に動けるならそれでいいのよ、お前は客間でおとなしくしておいで。雷真、私を案内しなさい」

そう命令すると、玲琳はもう鍠牙に一瞥《いちべつ》もくれず廊下を歩きだした。

「お妃様、こちらです」

雷真がすぐさま追いかけてきて玲琳を案内する。

通されたのは屋敷の西の奥にある地下への入り口だった。

「真相が分かるまで遺体を安置しておかねばなりませんので、地下に……」

確かに今は気温が高く、暖かい場所では傷みも早い。

しっかりと石を敷き詰められた階段を下りる。地下は深く掘ってあり、ひんやりと涼しい。通気口が開けられているようで、かすかに空気の流れを感じた。

階段を下りると、いくつもの部屋が作られていた。

「普段は倉庫などに使っているのですが……」

雷真がそう言いながら一番奥の部屋の扉を開けると、中央に木箱と布で簡易的な寝台が設えられ、そこに夏泉が横たわっていた。

玲琳も雷真もその光景を見て驚く。夏泉の横に、人影が佇んでいた。薄明りの中ゆっくりと振り返ったのは珠理だった。

「珠理……何をしているんだ」

雷真が咎めるように問いかけた。

珠理は妙に痛みのある笑みを浮かべて小さく口を動かした。

「どんな顔して死んでいるのかと思って」

声に淡い吐息がまじり、不思議な艶めかしさを感じさせる。

「あなたたちは何しに来たの？」

「……お妃様が遺体を検分しにいらした」

「あらそう、面白そうね。ここで見ていていいかしら？」

「別に構わないわ、私の邪魔をしないならね」

玲琳が確かな足取りで前に進み出ると、珠理は場を譲るように少し離れた。

玲琳は硬い木箱の寝台に寝かされた女の遺体の前に立ち、その死に顔を見下ろす。

血を吐いて倒れたはずだが、それは綺麗《きれい》に拭われ、着物も着替えさせられていた。

不用意なことをさせるべきではなかったなと玲琳はいささか後悔した。吐いたものに毒が混ざっていれば、被害が広まっていたかもしれない。

幸い他の被害者は出ていないようだから良しとするが……

「さて、では調べましょうか。お前はいったい、何の毒で死んだのかしらね？」

玲琳は遺体に話しかけながら、その口元に手をかざした。

袖口からゆっくりと、朱色の蛞蝓《なめくじ》が這い出てくる。

「さあ……辿《たど》りなさい……皮を破り……骨を砕き……血を遡って辿れ……」

そう命じると、蛞蝓は夏泉の口からその体内へ侵入した。

玲琳の行動をじっと見守っていた珠理が、そこでぽつりと言った。

「夏泉様は病気だったけれど……死ぬとは思わなかったわ。何でかしらね、死なないような気がしてたのよ。でも、死んだわね」

「お前は夏泉が嫌いだったの？」

玲琳は夏泉の体内を探る蛞蝓に意識を注ぎながら尋ねた。

「嫌い？　いいえ、好きとか嫌いとか、そういう次元の感情じゃなかったわ。あの人は私の……私と雷真の、飼い主……？　何て言えばいいの？　私と雷真はあの人の家畜だったんだと思うわ」

「珠理、変な言い方をするのはよせ」

入り口近くに控えていた雷真が窘《たしな》めたが、珠理は振り返りもしない。

「夏泉様は私を気に入ってて、雷真を気に入ってて、気に入った者同士を掛け合わせて新しい家畜を生み出そうとしてたのよね。だから私たちを婚約させたの。まあでも、貴族の親なんてどこもそんなものでしょ？　土地とか家とか名前を守るために、子供が必要なのよね。それって家畜よね。そういう意味では夏泉様も、正しい母親だったんだと思うわ」

「まあそうでしょうね、私の母は血と智《ち》を繋ぐために私を産んだわ。あれほどの人にここまでの想いと力を注がれたことが私の誇りよ」

玲琳は亡き母のことを思い出してうっすらと微笑んだ。しかし珠理は侮蔑とすら言える目つきになって玲琳を睨んだ。

「それって洗脳とどう違うの？」

「もちろん何も違わない。親が子を育てるというのは、子を洗脳するということよ。洗脳されなければ人は人になれないのだから」

玲琳は断言した。それは子供たちを産んでからずっと思ってきたことだ。自分はこの子たちを洗脳している……そう思いながら育ててきたのだ。

「何……それ……気持ち悪い……」

珠理はあからさまな嫌悪の表情を浮かべた。その純真さに玲琳は微笑ましい気持ちを抱く。

「私は私の血と智を繋ぐために子を産んだ。そして日々洗脳しているわ。毒は素晴らしい、蟲は愛らしい、世界は美しい、生きることは楽しい、父も母もお前たちを愛している……そう洗脳するの。そこに真実があるかどうかなど関係なくね」

他者の価値観を、何も知らない幼子へ強制的に植え付ける——これが洗脳でなければ何だというのだろう？

「そして私は洗脳されて育った自分を気に入っている。あの子たちも同じように自分を気に入ってくれたらいいと思うわ。なかなか面白い思想に洗脳された——とね」

軽く言いながら目を上げると、珠理は何とも言えない複雑な表情を浮かべていた。怒っているような……驚いているような……あるいはちょっと突《つつ》いたら泣き出してしまいそうな……

しかし彼女の心の内にさしたる興味もなかった玲琳は、再び蛞蝓に集中した。

「さて……そろそろ見つけ出したかしら……？」

すると夏泉の口から赤い蛞蝓が盛り上がるように這い出てきた。

「お帰りなさい、さあ……何が見えたの？」

囁きながら手のひらに蛞蝓をのせると、蛞蝓は突如ばらばらと引き裂かれて細かい肉片になり、石の床へ落ちた。

「え……？」

玲琳は呆然と蛞蝓の残骸を見下ろす。蛞蝓の破片はもごもごと動いていくつもの小さな蛞蝓になり、玲琳の衣の裾へ逃げるように這い戻った。

攻撃を受けた……？

「この女の体内に残っていた毒に、切り裂かれたの……？」

「お妃様、それはいったい……」

異変を感じ取ったらしく、いつの間にか雷真が傍へ近づいて手元を覗き込んでいる。

「……ふふっ」

思わず玲琳は引きつった笑い声をあげていた。

雷真がぞっとしたように身を引いた。険のある目をしていた珠理も、慄《おのの》いたように口元を押さえる。

「なるほど、確定したわね。これは蠱術よ。この女は蠱術で殺された」

「……母は蠱毒を飲まされて毒殺されたということですか？」

「飲まされたかどうかは分からないわ。ただ少なくとも、この女の体内にはまだ蠱が残っている」

「それを調べれば犯人は分かるのですね？」

「ええ、不埒な暗殺者を突き止めてあげるわ」

玲琳は己の手のひらを懐から取り出した小刀でさくっと切り、夏泉の衣の隙間から血のにじむ手を入れて薄い胸に触れた。

「夏泉……お前を殺した敵を見つけ出してあげるわ。その体を私に開きなさい……」

歌うように言い、ぐっと手に力を入れると、指先がずぶりと皮膚に食い込む。

「この女に巣くう蠱よ……この血が欲しくばこの言葉を聞きなさい……あなたたちの主のもとへ、私の血を誘いなさい……」

目を閉じて、意識を闇の奥に集中する。

涼しい地下室でつうっと額に汗を伝わせながらその奥を探る。蠱術で殺されたのなら、夏泉の肉体はまだ蠱師と繫がっている。それを追うのだ。

しかし――いくら探っても反応はなかった。玲琳は訝り、更に深く集中する。最大限集中したその時、頭の中で激しい火花が散り、鋭い痛みを感じて手を引き抜いた。

玲琳の指先はずたずたに切り裂かれ、鮮血に染まっていた。

「……どういうこと？」

「お妃様！　大丈夫ですか⁉」

「…………失敗した」

玲琳は心配する雷真の言葉など耳にも入らず夏泉の遺体を凝視する。

「蠱師を追うことができなかった。私の術が上手く発動しなかった……？」

これはいったいどういうことだ？　反撃を受けたのか……？　いや、違う。玲琳の術は全く発動せずに暴走したのだ。それが術者である玲琳を傷つけた。こんなことは初めてだ。

「……犯人はそれほど力のある蠱師だということですか？」

「……海で頭を冷やしてくるわ」

「は？　このあたりに海など……」

訝しむ雷真を無視して、玲琳は踵を返し部屋から出た。すると――

「ああ、姫。もう終わってしまったか」

何ともちょうどいいことに、向こうから鍠牙が歩いてくる。

「火琳がお母様を手伝ってあげてというんでな。あの子は本当に賢く優しい……」

玲琳は夫の言葉を遮り、がしっと胸ぐらを摑んだ。

「姫？　どうした？」

「お前の海に溺れさせてちょうだい、今すぐよ」

「は？　いったいどうした、落ち着け」

「私の術が上手く発動しなかったわ。しくじるなんてありえない。私は今常態ではないのだわ。だから冷静になりたいのよ。お前の毒の海に溺れさせて私の頭を冷やしてちょうだい。無駄口は叩かなくていいからとにかく今すぐお前を寄越しなさい」

鍠牙の胸元を摑んだまま血走った目でまくしたてる。

「姫……怖いぞ」

「いいから早く」

そう言って玲琳は隣の部屋の戸を開けた。食料の入った木箱や袋が積まれた部屋に鍠牙を引きずり込み、戸を閉めて彼を引き寄せようとしたその時――

「お妃様？　ここにいらっしゃるの？　いったいどうしちゃったのよ」

後を追ってきたらしい珠理が戸を開けた。

「え？　どなた？」

珠理は突然現れた見知らぬ男にきょとんとする。

「ああ、驚かせてすまない。私は楊鍠牙という者だ。妻と子供たちを迎えに来た」

鍠牙は快活な笑みを浮かべてそう名乗った。

珠理はその精悍な笑顔に目を奪われ、瞬《まばた》きもせず彼を見つめた。

大きな目が鍠牙に長いこと釘付《くぎづ》けになり――彼女はぽろりと零した。

「気持ちわる……」

青ざめた顔でそう言われ、鍠牙は放心する。

珠理は鍠牙を凝視したまま後ずさった。

「何あなた、気持ち悪い気持ち悪い気持ち悪い……何なの？　人でも殺してきたの？　何をどれだけ恨んだら、そんな気持ち悪い人間になるのよ……」

「……何か不快な思いをさせてしまったか？」

鍠牙は動揺を綺麗に隠し、苦笑してみせる。

珠理は益々《ますます》青ざめ、更に後ずさって体勢を崩し、硬い石の床にしりもちをついた。

「大丈夫か？」

鍠牙は案じる顔を作って手を差し伸べたが、珠理はその手を乱暴に叩いて退けた。

「近づかないでよ。何なのあなた、何を呪ってるの……？　こんな真っ黒で気持ちの悪い人間、見たことない……」

そこまで言われては引き起こすこともできず、鍠牙は手を引っ込めた。彼はずいぶんと驚いた顔をしていたが、それ以上に玲琳の方が驚いていた。

この女は今何と言った——？

鍠牙を見て気持ちが悪いと言ったのだ。何を恨んでいるのかと……何を呪っているのかと……彼女はそう聞いたのだ。

それはまさに、楊鍠牙という男の本質だ。

この女はもしや……今まで玲琳以外の誰も気づくことができなかった鍠牙の本質を見抜いた……？

何故か奇妙に景色の遠ざかるような感覚があり、視界がやけに狭くなる。少し心拍数が上がっているような気がする。

珠理は鍠牙を警戒するように睨みながら立ち上がり、逃げるように地下から出る階段の方へ走って行った。

「……何なんだ彼女は」

鍠牙は彼女の後ろ姿を見送り、訝しげにつぶやく。小さく短いため息をつき、玲琳へと向き直った。

「邪魔もいなくなったし、続きをするか？」

軽く両手を開いて受け入れ体勢を取る。

玲琳はそんな鍠牙をじっと見つめ――

「……いらないわ」

そう答えた。想定外の答えだったらしく鍠牙は目を真ん丸にする。

「ん？　いらないのか？」

「ええ、いらない」

淡々とそう言い、部屋を出る。

「どうした姫、何か怒っているのか？」

鍠牙は慌てて後をついてきた。

「怒っている……？　いいえ、少し面白いと思っているのよ」

「何がだ？」

「分からなくて結構、しばらくお前の毒はいらないわ。私一人でやり遂げるから、お前は子供たちと一緒におとなしくしていなさい」

「おい、姫！　いきなりどういうことだ！　説明をしろ」

迫ってくる鍠牙に、玲琳は拒むような微笑みを向ける。

「私に近づかないでね」

そして背を向けると、夏泉の遺体が安置されている部屋へと戻った。

鍠牙は呆然とその場に佇んで玲琳を見送り、ついてくることはなかった。

それから夜になっても玲琳は地下から出てこなかった。

魁国王楊鍠牙はたいそう立腹していた。

納得がいかない。

鍠牙の毒は玲琳にとって蠱術の糧であったはず。愛情の欠片もなくただ貪られることの残酷に、鍠牙はいつも安堵してきた。彼女が望むなら四肢を細切れにして与えてもいいとすら思うのに……それが何故いきなりこんなことになる？

玲琳が泊まっているという客間で子供たちと過ごす間はいつも通り振る舞ったが、これは彼女の存在があるからできることだ。このままだと仮面が剝がれて取り繕えなくなってしまうかもしれない。子供たちにそんな顔は死んでも見せたくなかった。

玲琳が戻ってこないため、子供たちは秋茗と一緒に眠ってしまった。鍠牙は一人部屋を出て、当てもなく廊下を歩き回った。

あの子たちがいる場所では眠れない。夜ごと悪夢に苛《さいな》まれる姿を、あの子たちに見せることはできない。いや——見られたくない。

鍠牙が同じ場所を何度も歩き回っていると、いつの間にか雷真が護衛よろしく少し距離を取って後ろを歩いていた。気づいて振り返ると、彼は何か物言いたげな目で鍠牙を見ていた。

「言いたいことでもあるのか？」

鍠牙は立ち止まって笑いかけた。

「……陛下は、私をどうなさりたいのでしょうか？」

彼は苦い顔で振り絞るように聞いてきた。

「俺がお前を、どうにかしようとしているとでも？」

「…………私の秘密を、公言なさるおつもりがあるのでしょうか？」

声を低めて聞かれ、鍠牙は一考する。なるほど、やはりそのことかと思う。昼間、皆が見ている前で鍠牙は彼に母が死んで安堵したかと聞いた。そのことは雷真の胸に不安と疑いを抱かせるに十分だっただろう。

「仮に、そうだと答えたらお前はどうする？」

「私の命と引き換えであれば秘密をお守りくださるか——と、お尋ねいたします」

鍠牙はふっと苦笑した。

「お前の命は火琳のために投げ出されるものであって、こんなくだらないことに使うべきではないな」

「……ならば？」

「前にも言ったが、お前の秘密を誰かに言うつもりはない。妃にも、子らにもな」

鍠牙は安心させるように断言した。無論嘘ではない。秘密は秘密のままであってこそ価値がある。それが守られてさえいれば、この男は死ぬまで鍠牙を裏切るまい。

目論見《もくろみ》通り、雷真は表情を緩めた。

「話はそれだけか？」

「いえ、あまり夜更かしなさると体によろしくないのではないかと進言いたします」

彼がいつもの調子をわずかに取り戻した様子だったので、鍠牙は満足げに頷いた。

「妻が懸命に働いているんだ、夫が先に寝るのも悪かろうよ」

からりと笑ってまた廊下を歩きだす。

雷真は護衛としてついてくる。

「ところで——はっきりとした答えを聞いていなかったな。雷真、母親が死んで安堵したか？」

曖昧に濁されたそのことを、鍠牙はもう一度聞いた。

背後で息を呑む気配がした。そして……

「……はい、安堵いたしました」

わずかに震える声が返ってきたのを聞き、鍠牙は半分振り返る。

「そうか、それは良かった」

そう言って笑った鍠牙を目の当たりにした雷真は、まるで化け物でも見るかのような顔をした。

「さて、お前にもこの退屈な散歩に付き合ってもらうとするか」

軽く腕組みしながらだらだらと歩いてゆく。

「陛下……」

「何だ？」

「私は王女殿下の護衛役ですが、陛下こそが我が主君であると思っています」

「そうか、その忠誠ありがたく思う」

「はい、私は陛下を清廉潔白完全無欠なただ一人の王だと思い、お慕いしております。陛下の命令であれば命を捧《ささ》げるのに何の迷いもありません。ですが……」

そこで彼は一旦言葉を切り——

「時々……私はあなたを途方もなく恐ろしいお方だと思うことがあります」

吐き出すようにそう言った。

鍠牙はまた半分振り返って雷真の顔を見た。彼はとんでもないことを言ってしまったとでもいうように、青ざめていた。

奇妙な重たい沈黙が暗い廊下に満ちる。雷真の首筋に細い汗の筋ができる。

「雷真——」

「……はい」

真顔で名を呼んだ鍠牙に、雷真は重々しく答える。鍠牙はぐるりと振り返って腕組みし、

「ところで、妃が俺に近づくなというんだが、何故だろうな？」

「……はい？」

「愛しい妃の傍にいたい俺としては、辛くてかなわん。何か理由を知らないか？」

突然彼方から降ってきた質問に、雷真は真面目な顔を戸惑わせている。

「……私に聞かれましても分かりかねますが」

「そうか、何か怒らせるようなことがあったと思うんだが、よく分からなくてな。お前も知る通り、妃は気まぐれで奇矯な女だ。まあ、そこが可愛いんだが……」

「はあ……」

相槌《あいづち》を打つ雷真の表情からは、さっきまでの思いつめた空気がすっかり抜けていた。

「まあ仕方がない、どうにか機嫌を取るとしよう」

そう言ってまた歩き出そうとしたその時、廊下の向こうでガタガタと物音がした。

「何だ？　賊か？」

鍠牙が物騒なことを軽い口調で言うと、雷真がその物音に向かって歩き出した。

遠くの窓が急に開き、そこから何者かが侵入してくる。

「珠理！」

雷真は侵入者に向かって声を上げた。

薄明りに照らし出されたのは見覚えのある娘――鍠牙を気持ち悪いと嫌がったあの娘だった。人からあんなことを言われたのは初めてで、ずいぶんと印象深く鍠牙の脳裏に刻まれている。嫌われたり恨まれたりしたことはあれど、気持ち悪いと言われるのは全く経験のないことだったのだ。とはいえ、気持ち悪がられたところで落ち込むわけでもなく、むしろ少し面白いと思っていた。なるほどこれが蠱師である玲琳の味わっている感覚かと思い、新鮮な気持ちだったのである。

雷真は鍠牙を置いて娘に近づいて行った。

「こんな時間に何をしているんだ、珠理」

「外へ遊びに行ってたのよ。こんな辛気臭い屋敷にこもってたら気が滅入《めい》るもの」

髪をかき上げながら、珠理と呼ばれた女はため息をつく。そして、雷真の後ろに立っている鍠牙に気づくと目を見開いた。

また気持ち悪がられるのだろうかと思った鍠牙だったが、彼女は何故か楽しげに笑った。雷真を押しのけて鍠牙の傍へ駆けてくる。

「こんばんは。また会ったわね、楊鍠牙陛下？」

小首をかしげて名を呼ぶ。昼間と違い、気持ち悪がる様子はない。

「ああ、君は？　この家のご令嬢かな？」

「私は雷真の従妹で許嫁。珠理というのよ、よろしくね」

「ああ、妃共々世話になるな。よろしく」

鍠牙が朗らかに笑いかけると、珠理もつられるように笑った。

「あなたってやっぱりほんとに気持ち悪いわね、吐きそう」

などと言い出す。

「珠理！　何を言うんだ、無礼なことを……」

「だって本当のことなんだもの。あなたもそう思わない？」

同意を求められ、雷真は言葉を失いはくはくと口を開閉させる。

「参考までに聞きたいんだが、俺のどこが気持ち悪いと思うんだ？」

鍠牙は腕組みして首を捻った。初めての経験すぎてさすがに少し興味があった。

「あら、自覚ないの？　そうね……ずっと人に呪われてきて、ずっと人を呪い続けてきた人間の顔をしてるわ、あなた」

珠理は瞬きもせずに鍠牙を凝視してそう言った。

鍠牙は図らずも真顔になる。笑みを作ることができなくなってしまった。

珠理は図星を突かれた鍠牙を愉快そうに見やる。

「昔から、人のことはよく分かるの。こういう勘を外したこと、一度もないわ」

すうっと手を上げ、細い指先で鍠牙の胸を指す。

「この中、ほんとに真っ黒よ。気持ち悪すぎて逆に面白いわ。ねえ、お妃様に放置されて退屈なら、私の部屋へ来る?」

珠理は唐突に言ってにこりと笑った。

「何だって?」

一瞬聞き間違いかと思った。しかし珠理は平然と続ける。

「こんな気持ち悪い人と寝てみたら、どんな気持ちがするのかしらって興味があるわ。飲んだら死ぬって分かってても、毒を飲みたくなる瞬間ってあるのよ」

これほど色気のない誘い文句がこの世にあるだろうか……鍠牙はいっそ感心した。どうして自分の周りに集まる女は誰も彼もこんな……よりによって自分をここまで気持ち悪いという女と、何故関係を持たなくてはならないのか……

しかし鍠牙はその嫌悪を皮膚の上には一切表さなかった。

誘いかけてくる珠理に向かって、一番いい笑顔を返す。

「え、やだ……怖……」

珠理はぞっとしたように一歩下がる。鍠牙は逃げかけた珠理の手を捕まえ、

「君の部屋へ行こう」

ぐっと顔を寄せてそう言った。

「あら、ほんと?」

「君に興味が湧いた」

「ふふ、嬉しい。いいわよ、行きましょうよ」

珠理はぱっと表情を閃《ひらめ》かせ、鍠牙の手を握り返す。

「こっちよ」

と、鍠牙を引っ張って歩き出した。

「珠理！　陛下！」

啞然としていた雷真がたまらず怒鳴る。

「朝には戻る」

そう言って、鍠牙はひらりと手を振った。

「子供たちの護衛を頼んだぞ」

すると、雷真はそれ以上追いかけてこられず、その場に立ち尽くしてしまった。


雷真がその場を離れたのはかなり時間が経ってからのことだった。

放心しながら火琳と炎玲が眠る客間へ戻ると、扉の前に風刃が立って辺りを見張っていた。

彼は雷真に気づくと眉を上げ、きょろきょろと廊下を見回した。

「おい、陛下は？　てめえは陛下を追いかけて行ったんじゃなかったのかよ」

一人で戻ってきた雷真を、彼は訝しんだらしい。

「……珠理の部屋だ」

雷真はそう答え、その場に頭を抱えてしゃがみ込んだ。

「ああ……どうしたらいいんだ。私は珠理の部屋に突撃するべきなのか……」

「おい、大丈夫かよ。何があったってんだ？」

風刃が心配そうに傍へしゃがむ。

「……珠理が陛下を誘い、陛下がお応えになった」

「お……おう」

簡潔で率直な説明に、彼は当惑気味な相槌を打つ。そして少し考える素振りを見せ、

「まあ、大丈夫じゃねえか？　陛下も本気で珠理ちゃんを相手にしようと思ってるわけじゃねえだろ」

「貴様！　珠理が魅力的じゃないとでも言うのか！」

雷真は思わず、しゃがんだまま風刃の胸ぐらを掴み上げていた。

「キレてんじゃねえよ。どうせ陛下は、何か企んでるんだろ」

風刃は雷真の手を振り払って襟を整えた。

「何だと？　陛下が何を企んでいるというんだ」

「さあ、知らねえよ。だけど……あの人はたぶん、ただの優しい王様じゃねえだろ」

突如剣呑な気配を滲ませたその言葉に、雷真も心当たりがあった。

「立派な王様ですって顔してるけどよ、あの人はもしかしたら、ものすごくヤバい人なんじゃねえか……って、思うことあるよな」

気安く同意はできなかったが、否定しないことがもはや肯定と同義だった。

「だから珠理ちゃんの部屋に行ったのも、何か企んでのことじゃねえの？　そもそもあの人……たぶん女にあんまり興味ないだろ」

「そういうことをみだりに口にするな」

思わず厳しい口調で咎めてしまう。王の色事について臣下があれこれ言うのは不敬が過ぎよう。

「ってか、てめえもそんな感じだよな」

「馬鹿者、勝手に決めつけるな！」

雷真が思わず言い返すと、風刃は意外そうに身を乗り出してきた。

「ってことは、てめえ好きな女の子いるのかよ？」

「いきなり何の話だ？　だいいち、貴様には関係がない」

「……あのさあ、結婚するしないはこの際置いといて、気持ち悪いことはっきり聞くけどよ、てめえ……珠理ちゃんのことが好きなのか？」

突如風刃の口調が変わった。

冗談というには真剣すぎて、適当に受け流すことはできなかった。

誤魔化すことも、拒絶することもできず、喉の奥がざらついた。

「…………よく……分からない」

出てきた答えはそれだった。

風刃は頬を引きつらせて雷真の肩を摑んでくる。

「おい、しっかりしろや。無垢《むく》な少年のふりで許される年齢はとっくに過ぎてんぞ」

「……放っておけ、貴様には何の関わりもないことだ」

雷真は力なく彼の手を振り払う。

「ほっとけるか……ってか何だこの状況、いつかと逆になってんじゃねえか」

風刃は煩わしげにがりがりと頭を掻いた。

いつか――というのは、以前犬神が人々を襲う事件を起こした時のことであろう。

あの時、この男と自分は今と逆の立場だったように思う。様子のおかしかったこの男を、馬鹿みたいに心配していた自分を思い出す。

あの時の自分と同じで、この男は自分を心配しているのか……

「……すまない」

雷真は顔を伏せて深々とため息をつきながらそう言っていた。

「貴様に比べれば、私は遥かに恵まれているだろうに……」

この男がどのように育ったか聞いたのは、結局自分だけだったという。想像もできないほどの苦しみだ。それに比べれば……

「おい……」

風刃の声がにわかに低くなり、怒りの色を帯びた。顔を上げると、彼は怖い目つきでこちらを睨んでいる。

「人を見下してんじゃねえよ。少なくとも今は、てめえの方が遥かに重症だろうが。おとなしく頼れや、俺とか俺とか俺とかをな！　何せ俺はてめえより年上のお兄さんなんだからよ」

威張るように言い、親指で自分の胸を指す。

「……今は同い年だ、年上ぶるな」

言いながら、何か眩《まぶ》しいものを見るような心地だった。

この男は……品がなく、無礼で、愚かで、いつも悪態をついているどうしようもない男だが、いつも周りには人が集まっている。感情に流されやすく、すぐ人に同情する。情が深いのだ。だから嫌いな相手にでもこうして手を差し伸べようとする。悪ぶってみたところで、悪党になど到底なれない甘い男だ。

自分とは違うのだ……

「彼女を愛しいと、思っていたことはあった」

雷真はぽつりと零した。

「だが……私は昔、珠理に対して正しくないことをした……取り返しのつかないことをしてしまったんだ。だから私には彼女の憎悪を受ける義務がある。ずっとそう思って生きてきたから、この感情の正体が何なのか、今ではもう分からない……。憎いのか、愛しているのかももう分からないんだ……」

自分はいったい何を言っているのだと思いながらも、口は止まってくれなかった。

「……てめえ、珠理ちゃんに何したんだ？」

風刃は責めるというより気遣うような口調で慎重に尋ねてきた。

「……私は……珠理の母親を殺した」

喉の奥がつかえて息をするのも苦しいような気がしながら、言葉を振り絞ってそう言った。言った途端、全身からどっと汗が噴き出した。自分が感情に負けてとんでもないことを言ってしまったような気がした。相手の顔を見ることもできずにいると、風刃は少し思案して首を捻った。

「珠理ちゃんが母親から虐待されてて、てめえがそれを庇って殺したとか……そういうヤツか？」

その発想はいかにも彼らしかった。

「まさか、そんなまともな理由であるものか」

雷真はかぶりを振る。

「珠理の母親は泥酔して池に落ちて死んだんだ」

「……それは世間一般に、事故と呼ばれるヤツだな。てめえ、頭大丈夫か？」

馬鹿にするような言葉だったが、風刃は本気で心配している様子だ。

「違う、私が殺したんだ。私が愚かで、正しくないことをした。だから珠理の母は死んで……珠理は私を憎んでいる！」

そう叫んだ途端、背中にバシンと強い衝撃があり、風刃に背を叩かれたのだと分かった。

「分かった分かった、ちょっと落ち着け。つーか、てめえはもう寝ろ」

顔を上げると、風刃は気づかわしげにこちらを覗き込んでいた。

「お前が何を悩んでんのかは知らねえが、こんな状態でまともな考えなんか生まれねえよ。寝ろ、すぐ寝ろ。後は俺が見張っといてやらあ」

「……貴様に……頼るなど……」

「言っとくけど、てめえは今俺に死ぬほど情けねえとこを見せたからな。今更カッコつけても意味ねえぞ」

きっぱり言われ、うぐっと返す言葉を失う。

自分が酷く恥ずかしいことをしてしまったような気がして、ようやく冷静になった。何ということだ……よりによってこの男の前で自分は醜態を晒《さら》したのか。

ぶちまけずにはいられなかったのだ。これ以上自分一人では抱えきれない。それを、この男は全部受け止めた。腹の立つことだが、この男は……自分よりよほど器が大きいのだろうと思う。

「自分が嫌になるな……」

しゃがんだまま再び頭を伏せ、深く地の底へ落ちてゆくようなため息をつく。

「まあ元気出せや、てめえがこんなだと火琳様が心配するだろうしな」

「……面目ない」

「情けないついでに一つ聞いていいか？」

「……何だ？」

今更もう何を知られてもどうということはない。

「てめえが珠理ちゃんをどう思ってるのかは分かった。分からねえってことが分かった。じゃあ……秋茗のことはどう思ってる？」

「ん？　……何の話だ？」

突然方向転換した話題についていけず、顔を上げる。

「玲琳様はてめえと珠理ちゃんを結婚させないとお決めになった。その代わりってことで、別の縁談を持ってくるかもしれねえぞ。何せてめえは玲琳様のお気に入りだ。そんでもって、秋茗も玲琳様のお気に入りだ。玲琳様は、てめえと秋茗の縁談を持ち出すかもしれねえだろ？」

「まさか、馬鹿げている」

思わず鼻で笑っていた。

「どこが馬鹿げてんだよ」

「秋茗殿がそんな話を受けるものか。彼女は私を嫌っている。それに……秋茗殿と私ではどう考えても釣り合わない」

その言葉に風刃の表情は険しくなった。

「あん？　何が釣り合わねえって？　身分か？　家柄か？　財産か？」

「……彼女みたいな賢い女性が、私のようなつまらない男に好意を抱くはずがない。他にもっとふさわしい男がいくらでもいる。万が一お妃様がそんな話を持ち出したとしても、断るに決まっているだろう。彼女は私を嫌っているんだから」

雷真がそう言った途端、風刃はすぱーんと勢いよく雷真の後頭部をはたいた。

「何をする！」

「蚊がいたんだよ」

彼は何故か額に青筋を浮かせて答えた。何故この男の方が怒っているのか……わけが分からない。

「てめーみたいな朴念仁にはもう期待しねえ。俺がどうにかしてやるからちょっと待ってやがれ」

風刃は腹立たしげに立ち上がった。

「おい、どういう意味だ」

雷真も続いて立ち上がったが、顎をしゃくって廊下の向こうを示される。

「もー寝ろ」

有無を言わさぬ強さで命令され、雷真は仕方なくこれ以上の反論を諦めた。いつもならこんな風に言われると腹が立つが、弱みを散々見せたあとではもうどうでもいいような気がした。

「後を頼んだぞ」

そう言って自分の居室へ戻ろうとする雷真をしっしっと追い払うように、風刃は手を振る。

彼女が好きになるとしたら、やはりこういう男なのだろうなと思った。


時を同じくして、珠理の部屋では——部屋の主である珠理が、引きずり込んだ男、楊鍠牙を長椅子に押し倒していた。

「こんなの見たら、お妃様が怒るかしらね？」

鍠牙にのしかかりながら珠理は楽しげに笑う。

鍠牙は同じように笑みを返し、珠理の頬に触れ、どこまでも優しく告げた。

「俺は雷真の秘密を知っている」

その言葉を聞いた瞬間、珠理の表情は凍った。それは鍠牙が予想した通りの反応で、予想通り過ぎてつまらないくらいだった。

「もちろん君も、知っているんだろう？」

珠理は慄いたように鍠牙の上からどき、距離を取った。

鍠牙は起き上がって長椅子に座ると、膝に軽く肘をついて手を組み、冷淡に珠理を見上げる。

「だからこそ、君と仲良くしたいと思ってな」

「……何で……何で知ってるのよ……」

質問の形をとった肯定に、鍠牙は虚無的な笑みを浮かべてみせた。

「君は俺の内側を見抜いた。そんな君なら分かるんじゃないか？」

そう言われて珠理は一瞬怪訝な顔をし、じっと鍠牙を睨み……見る見るうちに驚愕の表情へと変わった。

「……まさか……あなたもなの？」

鍠牙は答えず、ただ薄く笑みを保ったまま彼女を見やる。珠理はへなへなとその場に座り込んだ。

鍠牙は立ち上がってそんな珠理の目の前にしゃがんだ。

「大丈夫か？」

すると珠理は、突然勢いよく抱きついてきた。細い腕がすがるように鍠牙の体へ絡みつく。

その背を優しく撫で、鍠牙は耳元で囁いた。

「雷真の母を殺害したのは君か？」

「そうよ、私が毒を手配したの。だけど、飲ませたのは私じゃないわ」

あっけなく……あまりにもあっけなく、彼女は口を割った。

「共犯者がいるのか？　まさか……雷真か？」

その問いに、珠理は鍠牙の腕の中でくすっと笑う。

「違うわ、毒を飲ませた犯人は……」

彼女は顔を上げ、淡い声でそっと犯人の名を告げた。

瞬間、鍠牙はこの女の首を一息にはねる場面を想像した。しかしそれをどうにか妄想の中に押しとどめ、理性を保つ。

「どうしてそんなことを？」

「怒らないで、彼らは迷わず引き受けてくれたのよ」

「……迷わず？」

「ええ、すんなり引き受けてくれたわ。私たちは共犯者になったの」

「………そうか」

しばし思案し、鍠牙はそれ以上追及することをやめた。

「こんなこと、人に知られたくないでしょう？　どうか誰にも言わないで。お妃様にも……。あなたも私の共犯者になってよ」

珠理はそう言い、また縋るようにきつく抱きついてくる。

「……分かった、君の言う通りにしよう。俺たちは今から共犯者だ」

鍠牙は珠理の体を抱きしめ返し、優しくそう宣言した。

「嬉しい……」

珠理はとろけるような安堵の声を漏らす。鍠牙は彼女の背を撫でてやる。

もしもこの光景を見ている者がいたら——彼女を抱きしめる鍠牙の瞳のあまりの冷たさに、恐れ戦いたに違いなかった。

翌朝、鍠牙が子供たちのいる客間に戻ると、子供たちはほっぺたをぷうっとふくらませて父を睨んだ。

「お父様、どこに行ってたの？」

火琳がきつく問い質してくる。

「もちろんお母様の仕事をお手伝いしていたんだよ」

鍠牙は堂々と答えた。

するとと火琳は少し不安そうな顔になった。

「……犯人は分かった？」

「さあ、どうかな」

曖昧に答え、鍠牙は子供たちの頭を両手で撫でてやる。

双子は顔を見合わせて、何か意思疎通を図ろうとしていた。

「さて、お母様も地下から出てこないし、仕方がないから……」

鍠牙がそこまで言ったところで、部屋の扉が勢いよく開いた。

「鍠牙様！　何で勝手にいなくなっちゃうのよ！」

飛び込んできたのは珠理だった。

鍠牙に抱きついたまま眠ってしまった彼女を寝台に放置し、鍠牙はここへ戻ってきたのである。

「珠理ちゃん！　ちょっと待って！」

部屋の外に控えていた風刃が慌てて引き止めようとするが、彼女はそれを無視してずかずかと部屋を突っ切り、体当たりするような勢いで鍠牙に抱きついてきた。

子供たちはそれを見てあんぐりと口を開け、固まった。

鍠牙は一瞬彼女の両腕を斬り落としてやりたい衝動にかられたが、それを抑えてやんわりと腕を解いた。

「何か用事か？」

拒絶するような笑み。しかし珠理は怯《ひる》みもせず、またしても鍠牙に抱きついてきた。

「せっかく一晩一緒に過ごしたのに、起きたらあなたがいなかったんだもの」

べったりとすがるように抱きついてくる。

それを聞いた子供たちが、わなわなと体を震わせた。

「お父様の馬鹿！　不潔！　浮気者！　大っ嫌い!!」

火琳はそう叫び、炎玲の腕を摑んで続きの間に駆け込んでしまう。

「火琳様！　炎玲様！」

お付き女官の秋茗が名前を呼びながらその後を追いかけて行った。

鍠牙はため息をつきたくなった。やはり昨夜この女を殺しておくべきだったかなと後悔する。

「あはは、相変わらず気持ち悪い人ね、鍠牙様」

珠理は無邪気に笑いながら鍠牙の胸に頭を擦り付けてきた。

「私を殺そうなんて思わないで……私たちは共犯者でしょう？」

鍠牙の心を見透かしたかのような囁き。

仕方がない……余計なことをさせないために、これは傍に置いておかなくては……

鍠牙が腹を括《くく》ったところで、またしても客間に新たな人物が現れた。

「おはようございます、ゆうべは……」

そう言いながら入ってきたのは雷真だ。彼は室内を見るなり、抱き合う鍠牙と珠理に凍り付く。

「あら、おはよう雷真」

珠理がにこやかに言う。

雷真はそのまましばし固まっていたが、突如解凍して歩き出し、珠理の腕を掴んで鍠牙からバリッと引きはがした。

「何するのよ！」

珠理は彼の腕を振り払い、また鍠牙に抱きついてきた。

「珠理！　陛下にご迷惑だ！」

「そんなことないわ、鍠牙様は一晩中私の傍にいてくださったもの」

珠理はうっとりと微笑み、鍠牙を抱きしめる腕に力を込める。

それを聞いた雷真はふらっと倒れかけ、しかし気力を振り絞って鍠牙を睨んだ。

「陛下、いったいどういうことでしょうか？」

「……まあ、そういうことだ」

鍠牙はたいそう適当に答えた。

「ちょっと待て！　珠理ちゃん、君は俺に気があるんじゃなかったのかよ！」

呆気に取られていた風刃がそこで口を挟んだ。

「んー……あなたより鍠牙様の方がいいわ、優しいもの」

「君は優しいだけの男に転ぶほど安い女じゃないだろ？」

風刃は真剣な顔で彼女に詰め寄った。どうやら彼は、鍠牙や雷真から彼女を引き離したいらしい。

しかし珠理はどうしても鍠牙から離れようとしなかった。

「やっぱりあなたがいい……気持ち悪くて頭の壊れた鍠牙様……どうか私を見捨てたりしないでね」

きつくきつく抱きついてくる。男たちを挑発する演技——ではない。たぶん珠理は、本気で鍠牙に縋っているのだ。

「珠理ちゃん！」

風刃が咎めるように声を荒らげた。もはや収拾がつかないその状況に、雷真がとうとうキレた。

「みんないいかげんにしてくれ！　彼女は私の許嫁だ！」

雷真が怒鳴った瞬間、またしても部屋の戸が開き新たな人物が姿を見せた。その人物を見て全員がぎょっとする。戸口に立っていたのは玲琳だった。

彼女は髪を振り乱し、着ているものを乱し、目の下に酷いくまを作り、険しい表情で部屋に入ってくると、誰も目に入らぬ様子で部屋を横断する。

感情的になっていた一同は、しんと静まり返って道を空ける。

玲琳は部屋の端に置いてあった荷を解き、その中を探って小さく舌打ちした。

「どうした？　姫」

鍠牙が思わず声をかけると、彼女はようやくその存在に気づいたらしく顔を上げる。

玲琳は抱き合っている鍠牙と珠理を見て……特に反応することもなく再び荷を探り出した。

「やっぱりない……」

呟きながら、ばさばさに乱れた髪をかき回す。

「お妃様ー、やっぱり持ってきてないでしょ？」

入り口からひょいと顔を覗かせてそう言ったのは、地下室に籠る玲琳の世話をしていた葉歌だった。彼女は室内の状況を見ると、興味深そうに何度も瞬きした。

「え、何これ？　何があったんですか？　みなさん何を楽しそうなこと……げふん、いえいえ、何大変なことしてるんです？　浮気ですの？　許しませんよ」

葉歌は己の欲をダダ洩《も》れにしながら鍠牙を睨む。

「葉歌、王宮へ戻って蟲と薬剤を取ってきて」

「嫌ですよ、私がお妃様の蟲に触るなんて無理に決まってるじゃないですか。手持ちの道具で何とかしてくださいよ」

「でも材料が足りないのよ……」

「ここで調達すればいいんじゃないか？」

鍠牙は思わず口を挟んでいた。玲琳が勢いよく振り向く。

「……手に入るの？」

「よく分からないが、蠱術の材料が足りないんだろう？　この街にも大きな商店はたくさんある、探せば必要なものも手に入るんじゃないか？」

すると玲琳は凄《すご》い速さで立ち上がった。

「お前……たまにはいいことを言うわね！　雷真、街を案内しなさい。蠱術の材料を調達に行くわ」

玲琳は目を輝かせて持ち上げた拳を握る。

「私がお妃様と共に……ですか？」

雷真は気が進まない様子だ。

「必要なものを言ってくだされば調達してまいりますが」

「そうね……お前が蠱術を極めた蠱師ならば、頼んでもいいのだけれど……」

考え込む玲琳に、無論蠱師ではない雷真は困って口を閉ざす。

「雷真をあまり苛めるな、姫。代わりに俺が案内しよう」

鍠牙がそう申し出ると、玲琳はたちまち嫌そうな顔になった。

「お前が……？」

「ああ、俺もこの街には何度か来たことがあるから、地図は頭に入っている」

そう言って、珠理を引き離す。

玲琳は鍠牙をじっと睨んでいたが、腹を括ったように頷いた。


一国の王と王妃が供もつけずに外出するとはいかにも軽率であったが、護衛役たちももはやこの状況に慣れてしまっていた。

鍠牙は己と妻の身を守る程度の武力はあったし、玲琳にいたっては手を出すこと自体が自殺行為だ。彼らに襲い掛かってきた方が痛い目を見るのは自明の理である。

お父様大っ嫌いと部屋に閉じこもってしまった子供たちを守るのは、護衛役の雷真と風刃……そして鍠牙をここまで乗せてきた犬神の黒である。盗賊が襲ってきても不《ふ》逞《てい》の術者が襲ってきても、これで安全に守られよう。

雷真と風刃は、護衛に苑家の衛士《えいし》を連れていくべきだと主張したが、玲琳はそれを全部拒否してさっさと屋敷を出て行った。

苑家には立派な馬がそろっていたので、それを借りて街へと繰り出す。道を知っている鍠牙が先導し、玲琳はその後に続いた。

屋敷を出て、騎馬で街の中心地へ向かうと、次第に建物と人が増えてきた。

大通りを通ってこれ以上は馬だと動きづらいくらい人が多くなると、馬を下りて近くの店に預ける。店主は二人が苑家の客だと知ると、快く馬を預かってくれた。

「さて、何が欲しい？」

鍠牙は人通りの多い街を歩きながら聞いた。

玲琳はきょろきょろと辺りを見回す。玲琳はこれで相当なお姫様育ちであり、嫁ぐ前も嫁いでからも、外出というものはそれほどしたことがない。嫁いでからは以前に比べて外に出る機会も増えたが、それでもせいぜい王宮を抜け出して勝手に街を歩いたり、荒くれ者の多い裏街へ乗り込んだり、盗賊の出る山へ登ったり、盗賊に扮《ふん》して商店を襲ったり……その程度のことしかしたことがない。故に、街へ出るといつも新鮮な気持ちになるのだった。

「とにかく何もかもが足りないのよ、蠱術に使う道具など、ほとんど持ってこなかったのだもの。片っ端から手に入れるしかないわ」

玲琳は鼻息荒くぼやいた。

「薬屋はこの先にあるようだが」

「ではまずそこへ行きましょう」

玲琳がそう言って歩き出すと、鍠牙はその後ろをついてきた。

二人は華美な格好をしていたわけではなかったが、妙な威圧感があり、街を闊歩すると人々が自然と道を空けた。時折振り返ってくる者もいた。

薬屋の暖簾《のれん》が掛けられた店を見つけると、玲琳は躊躇いなくそこへ入る。

「ここで扱っている薬を全部ちょうだい」

入るなり玲琳はそう言った。店の奥でのんびり座っていた薬屋の店主は仰天し、玲琳を上から下までまじまじと見た。

「お、お客さん……何者ですか？　薬を全部ですって？　ずいぶん立派な身なりをしてらっしゃいますが……どこぞのお貴族様か何かですか？」

「単なる通りすがりの蠱師と、その下僕よ」

玲琳が堂々と告げると、店主は益々驚いてガタンと音をさせながら立ち上がった。

「蠱師!? 蠱師が何だってうちに……。出てってくれ! うちは代々真っ当な商売をやってるんだ、蠱師が入り浸ってるなんて知られたら……」

「まあまあ、落ち着いてくれ、店主」

にこやかに割って入ったのは、蠱師の下僕と紹介された鍠牙だった。人好きのする笑顔で近づき、相手の肩を叩く。

「我々はとある依頼を受けて苑家に逗留している。決して怪しい者ではない」

怪しい者ではない——という言葉が怪しさを緩和させるなどと信じるのは愚者の所業だが、鍠牙の笑顔はその言葉に変な説得力を持たせた。

「……そ、そうですか。しかしねえ、全部持っていかれたらうちも困りますよ。客は他にもたくさんいるんでね」

「もちろんそうだろう。我が主が少々乱暴な物言いをしてしまった。薬を全種、少しずつ分けてもらいたいだけなんだ。それなら承知してもらえるだろうか?」

鍠牙の丁寧な物言いは、店主の警戒を更に解いた。

「全種? まあ、苑家ゆかりのお客様じゃあしょうがない、用意しましょう。だけど、蠱師がうちに出入りしているなんて言いふらさないでくださいよ」

言いながら、店主はやれやれというように薬棚を開け始めた。

「姫、これで我慢していただけますか?」

鍠牙は苦笑いしながら小声で聞いてくる。

「結構、私とて薬屋を困らせたいわけではないのよ」

玲琳は軽く腕組みして答え、薬が用意されるのを待った。

一抱えもある薬の包みが用意されると、それを風呂敷に包んで鍠牙が背負った。

「さあ、次に行くわよ、下僕」

「お供いたします、姫君」

そうして店を出ると、次は小間物屋に。そこですり鉢やすりこぎ、真新しい小刀などを仕入れ、続いて八百屋に。そこで野菜や果物を手に入れると、すぐ近くの乾物屋に。干した果物や干し肉などを買い、鍠牙の背負う荷はどんどん重たくなってゆく。

「姫……俺の限界を試してるのか？」

行商人よろしく大量の荷を担いだ鍠牙が額に汗を垂らしながら言った。

「今のお前は王ではなく蠱師の下僕なのだから、存分に働くことよ」

玲琳は傲然と笑んでみせる。

「無理だというなら下ろしなさい。荷と同時に私の下僕たる資格も下ろすといい」

「意地の悪いことを」

鍠牙は呆れたように苦笑いする。

「馬に託すまでは運ぼう」

そう言って再び歩みを速めた彼は、玲琳に並ぶと表情を変えぬまま声を低めた。

「ところで姫、ずっと後をつけてくる者がいるようだが……心当たりはあるか？」

突然の知らせに玲琳は驚く。

「え？　どこに？」

振り返りかけた玲琳を、鍠牙が肩を抱き寄せて止める。荷が傾いて落ちかける。

「おっと……どうやら気づいてなかったらしいな、かなり前からつけられていたようだが……誰かに恨みを買った覚えは？」

「ありすぎて思い当たらないわ」

「だろうな」

「……どうしようかしら」

玲琳は振り返りたい気持ちを抑えて思案する。

「ここは平和的に話し合おうじゃないか。あなたに恨みを持つ者も、それなりの理由があるだろうしな」

鍠牙は軽やかに言いながら足を止めずに歩き続け、人通りの少ない方へと玲琳を誘った。

「平和的……ね」

そんな言葉とは程遠い男がよく言うと思いながら、玲琳は彼の誘導に応じた。

人通りの少ない路地を曲がると、鍠牙は荷を地面に下ろす。

そこへ吸い込まれるかのように一人の女がふらりと歩いてきた。

見覚えのない若い女である。身なりはそれなりに整っていて、身分卑しからぬ娘であるように思われた。

「ずっと後をつけてきていたようだが、妻に何の用だ？」

鍠牙は優しく女に尋ねた。

「……陛下とお妃様が外出なさると聞いて……」

女はうすらぼんやりした声で答える。その呼び方に鍠牙は眉を顰める。

「お前は……見覚えがあるな、苑家に仕えている侍女の一人じゃないか？」

「あら、そうなの？」

玲琳は首を捻る。会話した相手すらろくに覚えぬ玲琳だから、話したこともない人間の顔など覚えていようはずがない。

「一度見かけた気がするが」

鍠牙はそう言って、確認するように女を凝視する。侍女はその眼差しに突き刺されても別段臆することはなく、小さな足取りで歩いてきた。

「こんなところまで追いかけてきて何の用だ？　妃に何かしようとでも？　まあ、お前たちの気持ちも分からんではない。妃の不注意で蟲に襲われたり、気持ち悪い思いをしたり、不当に罵詈雑言《ばりぞうごん》を浴びせられたりしたというなら、代わって謝罪しよう。彼女はそういう女なんだ。生まれ変わったとて直りはしないから諦めてほしい」

鍠牙は誠心誠意述べた。この男は妻を何だと思っているのだろうかと玲琳は呆れ、本当に侍女を蟲に襲わせてやろうかと思ったが、侍女は緩く首を振った。

「いいえ……そのような用事ではなく……」

「ならば何だ？」

訝る鍠牙に侍女は近づき――

「実は……あなた様に死んでいただきたいのです……」

乾いた声で言うなり、侍女は袖に隠していた小刀を危うい手つきで突き出した。

鍠牙はとっさにその腕を押さえ、乱暴に地面へとねじ伏せる。

「手荒な歓待、痛み入るな」

余裕ぶって言いながらも、鍠牙は驚いている様子だ。

「……死んでください……お願いだから死んで……」

侍女は押さえつけられたままもがく。

鍠牙は手を緩めることなく眉を顰める。

「それは俺に言ってるのか？　確認するが、妃ではなく俺にか？　俺はもちろん蠱師ではないし、お前の恨みを買った覚えもない。妃と間違えてはいないか？」

丹念に確認するのを聞き、玲琳は侍女の代わりに自分が刺してやろうかなどと蠱師にあるまじきことを考えた。

「あなた様が邪魔なのです……殺さなくてはならないのです……」

侍女は思いつめたようにぶつぶつと言う。そして呻きながら暴れ出した。鍠牙は思いきり力を込めて侍女を押さえつけていたが、侍女は獣のように激しく暴れ、とうとうごきっと嫌な音をさせて鍠牙の手から逃れた。ぶらんぶらんと関節の外れた腕が揺れている。侍女はその肩を顔色一つ変えずにはめ込むと、落とした小刀を拾って鍠牙を見据えた。

「死んで……」

そう呟いて侍女が鍠牙に突進したその時――

「二人とも下がってください」

落ち着き払った声が上方から降り注ぎ、近くの家の屋根から一人の女が飛び降りてきた。玲琳の女官であり間諜であり暗殺者――葉歌だった。

葉歌は侍女を蹴り倒すと、無理矢理引き起こして後ろから腕を回し首を絞めた。

「葉歌、お前ついてきていたのね」

「お妃様の傍にいる時にのんびり過ごすなんて無理だって思い知りましたからね」

ぎりぎりと絞め上げられた侍女は怯えたように暴れる。

「はいはい、あんまり暴れないでくださいまし、すぐに落として差し上げますから」

葉歌はあやすように言って力を込める。しかし侍女の抵抗は全く弱まることがなかった。全力で逃げ出そうともがき続ける。

「あらやだ、おかしいですね……もしかしてこの方、誰かに操られてるんじゃありませんか？　自分の力で動いてませんよ？」

葉歌は困ったように呟いた。

「お前でも無理か？」

鍠牙が意外そうに聞く。

「ちょっと無理な感じですね。たぶん蠱術で操られてるんだと思いますよ。私を嫌がって逃げようとしてる感じがしますもの。どうしましょう？」

葉歌はぎりぎりと侍女を絞め上げながら困惑する。

「そうか……なら仕方がないな」

鍠牙は腰に佩《は》いていた剣に手をかけた。

「待ちなさい」

玲琳は鍠牙の腕を引っ張って前に出た。

「蠱術には蠱術をぶつければいいのよ。葉歌、離れて」

その命を受け、葉歌はすぐさま侍女を放して屋根の上へと飛び退《すさ》った。

「さあ、お行き。あの女に悪夢を見せておあげ」

玲琳が手を振ると、袖口から小さな蜂が一匹飛び出した。蜂はすぐさま侍女に狙いを定め、襲い掛かるとその首筋をチクリと刺した。

侍女は嫌がるように腕を振ったが、すぐにぐらっと体を傾がせ、地面に倒れてしまった。

「ああ、さすがお妃様」

ほっと安堵の息をつき、葉歌が屋根から飛び降りる。

「苑家へ連れ帰るとするか」

鍠牙が粉袋でも担ぐように女を肩へ担いだ。

玲琳は剣呑な目つきでその様子を見やり――

「お前、この女を斬るつもりだったね？」

「下僕がご主人様のために剣を振るうのは当然のこと」

鍠牙はにやりと笑った。冗談めかしているが、完全に本気だろう。この男は、玲琳を守るためなら十人でも百人でも斬るに違いない。玲琳は呆れたように息をつき、

「で？　何故お前が狙われたのかしら？」

最も問題視すべき事象を口にする。

「さあ、心当たりはないが……」

鍠牙はううんと唸った。

「蠱術で操られていたということは、夏泉を殺害したのと同じ蠱師に操られていた可能性が高いわね？」

「恐らくそうだろうな」

鍠牙は担いだままの侍女を見やる。

「犯人の蠱師は、夏泉を殺して、次はお前を殺そうとした。それで得るものは何なのかしら？　お前が死んで、誰が何の得をするの？」

「……最近恨みを買った記憶はないな」

「ふうん……？　本当に……？」

玲琳は疑わしげに夫を見上げる。鍠牙はにこりと爽やかで嘘くさい笑みを返してきた。玲琳はますます訝しんだ。この男が隠し事をしているのは明らかなのだが、どうあっても明かすつもりはないらしい。

「とにかくお二人とも屋敷へ戻りましょうよ。人が集まってくると面倒ですもの」

葉歌が辺りを見回しながら提案した。

「あーあ、とんでもない旅になってしまいましたわねえ、遠い地でのんびり過ごすなんて夢のまた夢だわ」

「蠱師の旅路に安穏を求めるなど、愚かというものよ」

玲琳は愛しい女官を優しく慰めた。

一方その頃――

「炎玲、私たちこのままじゃダメだわ」

部屋に閉じこもっていた火琳は、肩を寄せ合う炎玲に言った。

「だって私たちは何も悪くないのに、このまま閉じこもってるなんて不毛よ」

「うん、そうだね」

「私たちの一番の目的を忘れてはいないわよね？」

「もちろんだよ」

「今ならあの女の関心はお父様に向いていると思うの。だから今なら……」

「うん、いまならきっとじゃまされないね。だけど、お父様はだいじょうぶかなあ」

「バカね、お父様があんな女に落ちるわけないわ。お母様に勝てる女なんかこの世にいないんだから！」

「そっか、じゃあだいじょうぶだね」

「そうよ、だからやるわよ」

そう言って、双子は続きの間から客間へ出た。

「ねえ、雷真。私もお前のお母様の亡骸にお別れを告げておきたいわ」

火琳は悲しげな顔で信頼する護衛役に言った。部屋の端に控えていた雷真ははっとして、痛ましげに表情を曇らせる。

「火琳様の御心を煩わせていること、申し訳なく思います」

彼は恭しく火琳の前に跪いた。

「ううん、いいの。お願いよ、お別れを言わせてちょうだい」

「……あそこは王女殿下が訪れるようなところでは」

「お願いがダメなら命令よ。私を彼女に会わせてちょうだい」

真剣な目で訴える王女に、雷真は折れた。

「承知しました。炎玲様は……？」

傍らの王子に問いかけると、彼はぶんぶんと首を振った。

「ううん、僕はいかないよ」

「そうですか……では、火琳様だけ」

手を伸ばす王女を抱き上げ、雷真は部屋を出た。

静かに廊下を歩き、遺体の安置されている地下室へ下りてゆく。

暗い地下室の一番奥の部屋を開けて中に入ると、薄明りの中安置されている遺体に少女は恐れもなく近づき、膝をついて祈りを捧げた。

「ねえ、秋茗……僕もやっぱりいけばよかった」

部屋に残り、膝を抱えて座っていた炎玲がそんなことを言い出した。

「炎玲様もお別れをしに行きますか？」

傍らに座っていた秋茗が優しく確認する。

「……うん、つれていってくれる？」

「じゃあ俺がお連れしますよ、一緒に行きましょう」

手を上げて申し出たのは、王子を挟んで秋茗の反対側に座っていた風刃だ。

しかしいつもならすぐ護衛役に甘える炎玲は、無言で風刃を見上げた。風刃は幼子の真剣な顔を見てはっとする。主従は一瞬にして意思疎通した。

「僕、秋茗といっしょにいきたいな。ふあんだから手をつないでてほしい」

「そうだな、こんな時だ、俺よりお前の方が炎玲様も安心できるだろ」

と、風刃はあっさり王子を女官に託す。

「分かりました、私がお供しますね」

そう言って秋茗は立ち上がった。炎玲も続いて立ち上がり、風刃に目配せする。風刃はそれを受けて小さく頷く。

炎玲は秋茗と手を繋ぎ、姉の後を追って部屋を出た。

秋茗は途中苑家の侍女に場所を聞き、地下室の入り口へとたどり着いた。

その扉をくぐって階段を下りていると、ちょうど奥の部屋から戻ってきた火琳と雷真と鉢合わせる。

「あら、あなたも来たのね」

火琳はつんと澄まして言い、炎玲に駆け寄った。

「炎玲様、それじゃあ私たちもお別れに行きましょうか」

秋茗がそう言って下まで下りようとすると、炎玲はぐっとその手を引っ張り階段の途中に彼女を引き止めた。

「炎玲様……？」

「あのね、秋茗。僕は秋茗が好きだよ」

真剣な顔で幼子は言った。

「え？　ありがとうございます、私も炎玲様が大好きですよ」

秋茗は一瞬戸惑ったものの、優しく笑いながらそう返す。炎玲は少しだけ寂しそうな顔をして、しかしにこっと笑った。

「僕は秋茗が大好きだよ。秋茗は……僕がいちばんはじめに好きになった女の人なんだ。僕はきっと、おとなになってもおじいさんになっても、秋茗を好きだったことをわすれないとおもう。それで、このきもちをおもいだすたびになんどだって幸せになるんだ」

手を繋ぐ幼子の瞳に真剣なものを感じ、秋茗は言葉を失う。そんな彼女の手を放し、炎玲は火琳の手を掴んだ。

「いくよ、火琳」

「行くわよ、炎玲」

双子はそう言って階段を駆け上がり、扉をくぐってバタンと閉めた。

地下に閉じ込められてしまった秋茗と雷真は呆然とする。

「火琳様……？　炎玲様……？」

わけが分からないというように呟き、雷真は階段を駆け上がって扉に取りすがった。

開けようとするが、何故か扉は固く閉ざされていてびくともしない。

「どういうことだ……？」

そして二人が呆けている扉一枚挟んだ向こう側では——

こっそり後をつけてきていた風刃が、扉の取っ手にがっちりとつっかい棒をして扉を閉ざしていた。

その扉に背を預けて座り込み、風刃は炎玲をきつく抱きかかえていた。

「炎玲様……俺はあなたを誇りに思いますよ」

抱きしめた幼子にそう伝える。炎玲は泣きそうな顔になり、風刃の胸に顔を埋《うず》めて肩を震わせた。

「バカねえ、炎玲。私たちは欲しいものなら何だって手に入れられるのに」

手を伸ばして弟の頭をちょいちょいと撫でながら火琳が言った。

「そんなのうそだよ……僕も火琳も、ほんとにほしいものは手にいれられないじゃないか」

「……バカねえ、そんなの分かってるわよ」

しゃくりあげながら言う弟に悪態をつき、火琳は寂しげに笑った。


「これは……どういう事態だ……？」

地下に閉じ込められた雷真は混乱を極めた。

「ああ、そういうことでしたか……」

秋茗は深々とため息をついて階段の途中に腰かける。

「何だ？　君は何が起きたか分かっているのか？」

「まあ、おおむね。おせっかいな王女様と王子様とその家来が、私のためにやったんでしょう」

やれやれというように頬杖をつく。

「分からないな、説明してくれ」

「私と雷真さんを二人きりにしようとしたんですよ」

「何故だ？」

雷真は怪訝な顔で秋茗の隣に座った。

秋茗は頬杖をついたまま彼の方を向き――

「何故って、私があなたを好きだからですよ」

「王女殿下と王子殿下に仕える者として、お互い好意と信頼感を持つのはもちろん大事だ。私も君には好意を抱いている。まあ、あの男に好意は抱き難いが……」

雷真は鼻の上にしわを寄せて嫌そうな顔をする。秋茗はまたため息をついた。

「ここまで率直に言って伝わらないってどういうことだよ。むしろ縊《くび》り殺したくなるわ。ほんとに殺していい？」

「何故怒る」

「これを怒らない女なんかいないわよ」

「どういう意味だ？」

ぐっと身を乗り出して怖い顔で問いつめられたが、秋茗は引くどころか逆に距離を詰めた。わずかに唇が触れ合い、すぐに離れる。

「まあ、こういう意味だよね」

間近で目を合わせて秋茗がそう言う。雷真は大きく目を見開いて硬直し――ぐらっと体を傾がせて階段から転げ落ちた。

「え……死んだ？」

階下を見下ろし淡々と尋ね、相手が呻いたのを確かめて秋茗は立ち上がった。

「謝りませんよ」

冷たくそう告げると、コンコンと扉を叩き、

「風刃さん、いるんでしょ？　もういいから開けてください」

すると、すぐに扉は開かれた。

秋茗はもう振り返りもせずに外へ出た。

雷真はそのままいつまでもひっくり返っていた。

第四章　情愛の秘密と真実

玲琳と鍠牙が侍女を担いで戻ってくると、客間は混沌の渦に陥っていた。

火琳と炎玲が抱き合って泣き、その背中を撫でながら風刃が洟《はな》をすすり、少し離れたところで秋茗が膝を抱えて蹲《うずくま》り、彼らから離れたところに人形のごとく生気を失った雷真が呆然と立ち尽くしている。

何だこれは？　何があった？　鬼にでも襲われたのか？

玲琳は啞然として彼らを見やる。

まあ、この面子《メンツ》を見ればだいたい想像はついた。どうせ玲琳が最も苦手とするあれだろう。

「……お前たち、私に何かしてほしいことはある？」

玲琳は声を張って全員に聞こえるよう問いかけた。

「お、お母様じゃ無理だから……いい」

「僕もいいです……」

「玲琳様にはちょっとあれなんで……」

「お気遣いだけ頂きます」

「………」

なるほど、全員いい返事だ。

「結構、ならば私は私の役目を果たすわ。みな忘れているかもしれないけれど、私は殺人犯の疑いをかけられているのよ。これ以上濡《ぬ》れ衣《ぎぬ》を着せられ続けるわけにはいかないの」

「そうですか……がんばってください」

秋茗が励ますように言った。

「気遣いありがとう、ではまた地下にこもるわ」

そう言って玲琳は踵を返した。

ずかずかと廊下を歩いてゆく。

別段困っているわけではない。玲琳は間違いなく無実だし、危険に晒されているわけでもない。だからといってあの反応はあまりに薄情すぎないかと思うのは自分のわがままなのか？　まさか誰一人案じてくれないとは……

しばらく歩き、ぴたりと足を止めて振り返る。鍠牙が愉快そうに笑いながらついてきている。

「何か用？」

「俺もあそこには無用らしくてな」

「お前も私もそういうことには疎いからね」

ふんと玲琳は小馬鹿にするように笑った。自らを笑い飛ばすような心持ちでもあった。その事象に幼子すら涙を流すことができるというのに……本当に自分という人間にはその才がない……

とはいえそれを嘆いているわけではないのだ。その代わりに玲琳は蠱師の才を受け継ぎ、今こうしてここにいると信じているのだから……

「さて、あの侍女はどうなったかしら？」

鍠牙を襲った侍女は、鍠牙がここへ運び込んだのだ。

「苑家に預けているさ。目が覚めたかどうかは知らんな」

「そう、ではまずあの侍女を調べるとしましょう」

玲琳がそう言うと、鍠牙はひょいと玲琳の手を取った。

「こちらですよ、姫君」

「下僕ごっこはそろそろ終わりにしたら？　三十路《みそじ》もとうに過ぎた男が滑稽よ」

「残念ながら俺はいつでもあなたの下僕だよ。そうでない時が一度でもあったか？」

軽やかに言われ、玲琳は苦々しい笑みを口の端にのせる。

「下僕は主を謀《たばか》らないし、隠し事もしないわ。お前が最初から何か企んでいることは分かっているのよ。それを聞いたところで口を割らないこともね。どうせそのせいであの侍女に襲われたのでしょう？」

「……信じてもらえないとは悲しいな」

「お前は少し日頃の行いを振り返った方がいい。さあ、少しでも私の役に立つ気があるのなら、あの侍女のところへ案内なさい」

「仰せのままに、姫君」

高慢に命じる玲琳の手を引き、鍠牙は苑家の屋敷を歩いた。

すれ違う苑家の家人たちは、玲琳を見るなりみな怯えたような顔をする。それは玲琳が生まれ故郷の斎で向けられてきた視線とよく似ていて、懐かしさすら感じた。

夏泉というのは不思議な女だったなと思い返す。

目を輝かせて玲琳を見つめ、嬉しそうに玲琳の話を聞いていた。稀有《けう》な女だ。もはやこの世のどこにもいないけれど……

あの女が何故、殺されなければならなかったのだろう？　命を奪われるほどの何をしたというのだろう？

考えているうち、鍠牙に手を引かれてとある一室へとたどり着く。

声をかけて簡素な部屋の戸を開けると、侍女たちが集まって寝台を囲んでいた。寝台に横たわる女は目を開け、真っ青な顔で何か話している。

「あら、気が付いたのね」

玲琳が声をかけると、部屋にいた侍女たちは喉の奥で小さな悲鳴を上げ、いっせいに飛びのいた。唯一逃げることの叶わなかった例の侍女は、起き上がってガタガタと震えだした。

「具合はどう？」

「……申し訳ありません」

「その様子なら頭はしっかりしていそうね。率直に聞くけれど、何故この男を殺そうとしたのかしら？」

玲琳は穏やかに――しかし威圧的に聞いた。

「申し訳ありません……陛下のお命を狙うなど、私は何という恐ろしいことを……どうか罰は私一人に与えてください。親類縁者は見逃してください」

侍女は震えながら寝台の上で平伏した。

「そんなことは聞いていないわ、何故この男の命を狙ったのかと聞いているのよ。答えなさい」

玲琳は容赦せずに追及する。

「……わ、分かりません。ただ、そうしなければと……そんな考えで頭の中がいっぱいになって……気が付いたら……」

「そう……やはりただ操られていただけだったようね」

「え？　あ、操られて……？」

侍女は狼狽《ろうばい》と恐怖に色をなくす。玲琳はそんな侍女を励ますように嫣然と微笑む。

「ええ、そうよ。お前はただ操られていただけなのよ。この男の命を狙ったのはお前の意思ではないわ。だから……お前の中を調べさせてちょうだい？」

玲琳は懐から小さな壺《つぼ》を取り出した。ふたを開けると激臭が広がり、室内にいた侍女たちは全員袖で鼻を覆った。

「さあ、口を開けて」

迫る玲琳に侍女は怯えながら首を振る。もちろん玲琳が彼女を逃がすはずはない。

室内に悲鳴が上がるのを、止められる者はいなかった。


「まただわ……」

再び廊下を歩きながら玲琳はぼやいた。自然と足音が荒くなる。

「あなたが蠱術を失敗するなんて珍しいな」

鍠牙が後ろを歩きながら揶揄するように言った。

そう――玲琳の術はまた失敗したのだ。

侍女の中を探り、かけられた術をたどって術者を見つけようとしたが、その追跡はすぐにぷつりと途切れて敵を探すことは叶わなかったのである。

「そんなに手ごわい術だったのか？」

「かけられた術自体は、それほど珍しい術ではないわね」

玲琳はじろりと背後を睨んだ。

「お前も見たことくらいあるでしょう？　あれは人を操って思い通りに動かす術よ。ただ、精神を操作する術は向き不向きがあるわ。私はあまり扱わない」

なるほどと鍠牙は頷く。

「あなたは術など使わずとも、人を平気で振り回すからな」

「夏泉を殺害した毒も、侍女を操って飲ませたものだったのかしら？　だとしたら、実行犯にさせられた侍女には自覚がありそうだけれど……」

「全員拷問してみるか？」

鍠牙が気軽に物騒な意見を出す。

「お前は私を殺人鬼から拷問魔にでもするつもり？」

玲琳はさっきよりももっときつい目で背後を睨んだ。

誰の命がかかっているわけでも、危険が迫っているわけでもない。そんな状況で無理な拷問などする益はあるまい。

「確かに不合理だ」

鍠牙ははっと笑いながら同意した。

合理性を求めるならば、この男に知っていることを全て吐かせればいい。しかし一見合理的なその行為が最も不合理だと玲琳は知っているのだ。

この嘘吐きは拷問されたとて本当のことなど言いはすまい。

玲琳に睨まれた鍠牙は、その眼差しにこもる意図を容易く読んだ。

「姫、言っておくが、俺は悪いことを企んでいるわけじゃない。あなたがここへ来ることを許したのは、本当にただ楽しい一時を過ごしてほしかったからなんだ。正直、俺にもここで何が起きているのかは分からない。俺にとっても予定外なことが起きている」

「へえ？　ならば私に隠し事はしていないと？」

「いや、隠し事はあるな」

「馬鹿正直に答えるわね」

「嘘を吐いたところであなたは見抜くだろう？　俺はあなたに隠し事をしている。それも本当だ」

「……済度し難い愚かな夫を持つと苦労するわ」

吐き捨てるように言い、玲琳は地下への階段を下りた。

一番奥の遺体を安置している部屋に、買ってきたものは全て運び込んである。

「こんなところまでわざわざついてこなくてもいいのに」

玲琳は荷を解きながら言った。

「どうせあなたは水を飲むことも物を食べることもしなくなるんだろう？　だったら世話をする者が必要なはずだ。俺以外には務まらんだろうさ」

確かに玲琳は造蠱に夢中になると寝食を忘れる。そういう時、玲琳の世話をするのはたいがい鍠牙の役目だ。

「好きにしなさい」

そう言って、玲琳は解いた荷から様々な薬剤や道具を取り出した。

玲琳の毒草園には遠く及ばぬ量ではあるが、それでも今はこれでやり遂げるしかない。王宮へ戻っている時間はないのだ。遺体を埋葬されてしまえば、もう犯人は見つからないだろう。

体内に潜ませている蟲と、限りある薬と道具、それが今の玲琳に許された全てだ。

座り込んでそれらを眺める。この材料で生み出せる最上級の造蠱法を見つけなければならない。

そうやってどれだけ思案していたか知らないが、気づくと目の前に水の入った湯呑が差し出されていた。玲琳が口をつけてそれを飲み干すと、鍠牙が傍らに胡坐をかき、頬杖をついて顔を覗き込んできた。

「姫、あなたの扱える毒は目の前にもう一つあるんじゃないか？　何故使わない？」

そう聞いてくる。彼が何を聞いているのか、玲琳にはすぐ分かった。

玲琳が扱えるもう一つの毒——それは彼自身だ。

玲琳は間近にある鍠牙の真剣な顔を見つめ返す。珠理が彼に向けた嫌悪の瞳と侮蔑の言葉を思い返す。そしてその時感じた動揺を……

「……お前は良い男ね」

いつの間にか感慨深く呟いていた。

鍠牙はぽかんとし、困惑したように辺りを見回した。

「何だ今のは、幻聴か？」

「お前は良い男ねと言ったのよ」

玲琳はもう一度はっきり言った。

「まあ、男でも女でも人間でも蟲でも犬でも……何でもいいのだけれど、お前は本当に魅力的だわ」

そっと手を伸ばし、鍠牙の頬を撫でる。その優しい仕草に反して、鍠牙は表情を冷たく凝らせてゆく。

ずいぶん不安そうにしているなと玲琳は少し可笑しくなった。

この男は玲琳の愛を求めていて、しかしそれを手にいれてしまえば自分が壊れてしまうことを知っている。

「そう思うなら、他の女にとられないよう縛り付けておくべきだな」

鍠牙はいかにも嘘めいた作り笑いをしてみせる。こんな笑みでも人は騙される——が、その奥を見抜く女も確かにいるのだ。玲琳はここでそれを目の当たりにした。その時の動揺は今までに味わったことがない類にものだった。玲琳の夫はまぎれもなく、この世に二人といない良い男なのだと初めて思い知らされたのだ。

「……お前があんまり魅力的だと気づいてしまったから……私はこのままだとお前なしでは何もできない蠱師になってしまうかもしれないわ。だから今はお前の毒に溺れたくないのよ。お前なしでは術を使えない……そんな無能な蠱師になってしまった私を、お前は見たいの？」

鍠牙は静かに玲琳を見つめ返していた。言葉一つ誤れば、自分は今ここで死ぬかもしれない……そんな予感に玲琳は笑い出しそうになる。

「この猛毒を喰らえるような女は私以外にいないわ。本当は今すぐお前に触れて、ずたずたに切り刻んで、内側にある毒を一滴残らず喰らい尽くしたい。今すぐそうしたいのを我慢しているのよ。お前は本当に魅力的な毒の化生で……毒以外には何一つ価値がない、塵芥《ちりあくた》のごとき良い男ね」

玲琳は凶悪な気配を滲ませる夫を安堵させるように、うっすら犬歯を覗かせて微笑んだ。鍠牙はしばし真顔で固まっていたが、急に玲琳の腕を引き寄せた。

「何？」

「俺がいなければ何もできない無能な蠱師になり下がったあなたを見たくなった」

「冗談でしょう、そんなのはごめんよ」

玲琳は彼の手を振りほどこうとするが、無論本気の鍠牙に抗《あらが》えるはずもない。

あっさり組み伏せられ、唇を奪われる。

背に触れる石畳は硬く、すぐ傍には毒殺された遺体がある。この状況で、この男ときたら……

「この……変態め……」

「全部あなたのせいだ」

鍠牙は危険な笑みを浮かべてみせる。

「そうだったわね、ならば責任を取らなくては……さあ、舌を出して」

玲琳は彼の首に腕を回す。久々のその感覚に、腹の奥底がざわめく。毒の気配を感じ取った心臓が鼓動を速める。生贄《いけにえ》のように差し出された舌に牙を立てようとしたその時、玲琳の頭に火花が散った。まぶたの裏を赤いつぶが転がる。

「ちょっと待ちなさい……」

玲琳は彼の頬をばしんと叩くように挟んで動きを止めた。

「……おい」

抗議する夫の声を無視し、玲琳は彼の下から這い出た。夏泉の遺体に駆け寄り、その死に顔を見下ろす。

「もしかして……あれだったの……？」

玲琳は自分の指を噛み、血の滴る指先を遺体の口へ突っ込んだ。

「あなたは私の毒の釣り針……大魚の餌……その身で同胞を見つけ出して……」

その声を聞き、指先の傷口から血と共に這い出したのは何匹もの赤い蚯蚓《みみず》だ。蚯蚓はにょろにょろと這いまわって遺体の口内へ深く潜り、しばらくすると赤く大きな丸いものをからめとって這い出てきた。

それは赤い飴玉だった。長いこと遺体の中に飲み込まれていてなお、溶けもせずに形を保っている。玲琳は指先でその飴玉をつまむと、自らの口へ放り込んだ。

広がる甘味の奥に、慣れ親しんだ味を感じる。

「おい、何だ今のは？」

遺体から取り出したものを口に含む妻に、さすがの鍠牙も顔をしかめた。

玲琳は飴玉を口から出すと、手巾で包んで懐に仕舞った。

「これはいったいどういうことなのかしら……」

玲琳は低く唸るように呟いた。

「この飴玉は、火琳と炎玲が夏泉にあげたものよ。この飴を舐めてすぐ、夏泉は死んだの。そしてこの飴には……毒が塗りこまれているわ」

鍠牙の表情がたちまち険しくなった。

「まさか……」

「あの子たちが夏泉に、毒を飲ませたということよ」

「馬鹿な、ありえない。そういうことはしないと、あの子たちは俺と約束した」

鍠牙は確信をもって断言する。

「直接聞けば分かるわ」

玲琳は淡々と言い、地下室を後にした。


客間へ戻ると、雷真と風刃は部屋の外に立っていた。

玲琳は彼らを押しのけ客間に入る。

子供たちは泣き止《や》んで秋茗に縋っていた。

秋茗が双子の背を撫でながら歌を歌ってやっている。

「お母様……」

「これはお前たちが夏泉に食べさせた飴ね？」

玲琳は手巾に包んだ飴を見せて何の前触れもなく問い質した。

子供たちの顔色がさっと変わる。

これは子供たちが王宮から持ってきた物で、二人は何度も口にしている。毒が仕込まれている可能性など考えもしなかった。けれど――

「この飴には毒が塗ってある。塗ったのはお前たちなの？」

厳しい表情で追及する玲琳に、子供たちはしばし怯えた様子だったが、ぐっと決意したように火琳が顔を上げた。

「言わない」

少女はただその一言を口にした。

玲琳は目を細める。

「言わない……？　言えないのではなく？」

「言わないわ。私たちは、何をやったか誰にも言わない」

決然と言う火琳の手を、炎玲が握る。とても大切なものを、二人で守ろうとしているかのように……

玲琳は子供たちを冷ややかに見下ろし、深々とため息をついた。

「お前たちが何を考えているか当ててあげよう。お母様は愛だの恋だのという分野に関して当てにならないから、頼るのはやめておこう。どうせ頼っても役に立たないのだから——とでも考えているのでしょう？」

双子は少し驚いた顔になり、ちらっと目を見交わす。その仕草に肯定の意思を感じ取り、玲琳は皮肉っぽく笑った。

「お前たちの思った通り、私はそういう分野に疎い。お前たちですら理解できることが、私には理解できない。けれど、蠱術であれば私の右に出る者はいないわ。蠱術と名のつくもので私が解決できなかった事件はない。勘違いするのはおやめ、これは色恋沙汰ではないの、これは蠱術による殺人事件なのよ。ならば私に解決できないはずはない。だからお前たちの知っていることを洗いざらい喋《しゃべ》りなさい。お前たちの抱える問題など、私が容易く解決してあげるわ」

途端、大きく見開かれた双子の瞳が揺れた。

「ふ……うわあああああん！」

火琳が突然声を上げて泣きだし、玲琳に抱きついてくる。それを見た炎玲もぼろぼろ涙を零し、玲琳の裾を握った。

「言いなさい、何があったの？　お前たちは何をしたの？」

「……あの女が……」

「あの女？」

「珠理っていう女……」

「珠理が何？」

そこで火琳はひときわ強く玲琳の衣を握り、きつく顔を押し付けて何も見ないよう視界を塞ぎながら言った。

「珠理が……夏泉様に薬を飲ませる手伝いをしないと、雷真に酷いことをするって私たちを脅したの」

その告白に、その場の全員が驚愕の表情を浮かべる。特に雷真は、紙のように白くなって放心した。

玲琳は子供たちの背を撫でながら、目つきを剣呑なものにする。

「そう……それはおかしいわね、薬を飲んで夏泉は死んだというの？　いいえ、彼女は毒で死んだのよ。けれど、お前たちが夏泉に飲ませたあの毒は、珠理が用意したものではなかったわ。あれは私が作った毒……眠り薬よ。あれで人が死ぬことはない」

すると子供たちは顔を上げた。

「だって私たち、人をみだりに殺したりしないってお父様と約束したもの」

『これ、やっぱり毒だよ』

数日前のこと――珠理と取引をした子供たちは、苑家の屋敷に戻って渡された薬をすぐに調べた。

炎玲は幾度も薬を舐めその味を確かめる。

『へえ？　舐めて分かるの？』

火琳が紙包みを覗き込むと、炎玲はそれをさっと隠す。

『火琳はダメ、なめたら死んじゃうよ』

『ふん、分かってるわよ。とにかくあの女が雷真の母親の殺害を企んでいる悪党だってことはこれで分かったわね、懲らしめてやらなくちゃ』

『でも、ふよういにうごいたら、あのひとは雷真にひどいことするかもしれないよ』

『そうね、でもだからって、あの女の言いなりになんかなれないわ。人の命を簡単に奪うようなことを考えてはいけないのよ』

『うん、お父様とのやくそくだもんね。じゃあどうしたらいいかな？』

『あの女の言いなりになって毒を飲ませたふりをしましょう』

『どうやって？』

『お母様が持ってる毒の中に、眠り薬があったはずよ。あれを飲ませて眠らせれば、毒で倒れて死にかけてるみたいに見えるんじゃないかしら？』

『そっか！　火琳はあたまがいいなあ』

『そうと決まったら、お母様の荷物から眠り薬を盗むわよ』

そうして二人はその計画を実行した。

もちろん、相手が死ぬなどとは思ってもいなかった。だから夏泉が死んだと知って、いったい何が起きたのか分からず、恐ろしい思いをした。

けれどそれでも一つだけ信じていることがあった。

玲琳が薬の調合を誤ることはありえない。夏泉が死んだのは、他に理由があるのだ。けれど……それを珠理に問い質すことはできなかった。

自分たちが彼女を謀ろうとしていたと知ったら、珠理はきっと雷真に酷いことをするだろうから……だから誰にも何も言えなかった……いや、言わなかったのだ。大事な臣下を守るため、二人の幼子は口を閉ざし続けてきた。

「夏泉様を殺したのは珠理なの。あの女は私たちを信用してなかったんだわ。だから他の方法で毒を飲ませたのよ」

火琳は泣きながらそう訴えた。

玲琳は子供たちの背を撫で、高速で頭の中を動かした。玲琳が難しい顔で考え込んでいると、鍠牙が傍らに座り込んだ。

「二人とも、よく頑張ったな、えらかったぞ」

彼は子供たちを真っ直ぐ見つめ、手放しでそう褒めた。双子は目を真ん丸くし、またわんわんと泣き出した。

「お前たちが気に病むことは何もない。実はお父様も、珠理殿が犯人だということは知っていた」

突然の告白に、全員がえっと驚いた。鍠牙は沈痛な面持ちを作って言葉を重ねる。

「実はそれを探るため、お父様は彼女に近づいたんだ。彼女は自分からそれを告白してくれたよ。お前たちが共犯者だとも言っていた。だが、お父様はお前たちがそんなことをするはずはないと信じていたよ。だから本当のことを探るため、彼女を泳がせていたんだ。お前たちを追い詰めることになってしまってすまなかった」

子供たちを慰めると、鍠牙は優しい眼差しを玲琳に向ける。その嘘臭さに玲琳はぞくりとする。

「姫、これであなたの容疑も晴れるだろう。残念なことだが、珠理殿には罪を償ってもらうしかない。雷真、承知してくれるな？」

そう言われて呆けていた雷真ははっと意識を取り戻した。今にも死んでしまいそうな顔をしている。

「話を……させてください、彼女と」

「……お前はもう、彼女に近づくべきではないと俺は思うがな。彼女が暴走したのは、お前にも一因があるかもしれん」

鍠牙は労わるように咎めた。雷真は歯が砕けそうなほどにきつく歯噛《はが》みし、その場に立ち尽くす。

「話なら、俺がしよう。彼女も俺になら話してくれるかもしれんしな」

そう言って鍠牙は立ち上がった。

「それでいいか？　姫」

そう聞かれても、玲琳はまだ考え続けていた。

何かおかしい……何か変だ……この事件は何か変だ。珠理が犯人……？　ならば侍女を操ったのは？　それも珠理が？　珠理は……蠱師だというのだろうか？　あるいは蠱師を雇って侍女を操らせた？　それは何のために？　珠理が何故、鍠牙を殺す必要があったというのだろう？

玲琳が判断できずにいると、突然激しい足音がして、部屋の扉が開かれた。

「大変です！　珠理お嬢様が……珠理お嬢様のお部屋が……！」

真っ青な顔の侍女が叫びながら飛び込んできた。それを聞いた途端、雷真は他に目もくれず走り出していた。

少し遅れて鍠牙が後を追った。玲琳も、風刃も、それに続く。葉歌と秋茗は子供たちを抱きかかえるようにして客間に残った。

雷真は廊下を走り、珠理の部屋へと駆け込んだ。

「珠理！」

叫びながら部屋を見渡し、雷真は凍り付く。追いついた鍠牙、玲琳、風刃も、その部屋を見て息を呑んだ。

床が赤く染まっていた。鮮血が床一面を染め上げ、まるで殺人現場のようであった。しかしそこに人の姿はない。深紅に染まった無人の部屋を呆然と眺めていると、集まってきた侍女たちが恐る恐る声をかけてくる。

「実は、旦那様のお姿も見えないのです」

旦那様というのは雷真の兄である喬鎧のことだ。それを聞いた雷真は、悲鳴を堪《こら》えるように自分の口元を押さえた。

「姫、二人を捜せるか？」

玲琳は一つ頷き、部屋へ入った。床を染める鮮血に手を伸ばし、しかしひくひくと鼻を動かす。

「血じゃないわ……これは……果実酒……？」

赤い液体に触れ、ぺろりと舐めてみる。やはりそれは果実酒だった。

「血じゃないのか？　だが、これはどう見てもまともじゃない。誰かが意図的にこの惨状を作り上げたということだろう？　珠理殿が心配だ。姿が見えないという喬鎧殿もな」

「これは……兄の好きな果実酒です」

雷真が蒼白な顔で呟いた。

「お前の兄がこれを撒《ま》いたということ？」

「……私を呼んでいるんだ……」

彼の言葉は玲琳に向いておらず、危うく宙を漂っている。

鍠牙が難しい顔でしばし思案し、玲琳の肩を引いた。

「姫、いなくなった二人を捜してくれ」

「私の蠱術は人捜しに向かないわ」

「彼らを呪って見つけ出すことならできるだろう？」

「どうやって呪うというの？　これが本物の血なら、それを使って呪うこともできたけれど……果実酒では無理よ。ここには珠理の血も苑家当主の血もない。何の手掛かりもない相手は呪えないわ。すぐに人を集めて捜した方がいい」

「厄介なことになったな……」

鍠牙は拳を口元に当てて唸った。

「……血があれば居場所を見つけられるのですか？」

死者のように黙りこくっていた雷真がぼそりと言った。

彼は喬鎧の弟だ。普通なら兄の居場所を探る手掛かりになるが――

「お前は苑家の血を引いていないと聞いたわ。血が繋がっていない兄を捜すことはできない」

すると雷真は妙に据わった目で玲琳を見た。

「兄ではなく、珠理の居場所を見つけてください」

「珠理はお前の従妹でしょう？　呪うには少し遠い」

「いいえ……あれは……珠理は……あの子は………私の実の妹です。誰よりも濃く血が繋がっている。見つけられるはずだ」

雷真は自分の拳を差し出すように突き出した。

玲琳は一瞬言葉の意味を把握しかね、頭の中で反芻《はんすう》した。

雷真は夏泉の息子である。そして珠理は夏泉の兄の娘だと聞いた。その二人が血の繋がった兄妹……？　それはどういうことだ？

「簡単なことだよ、姫」

鍠牙がため息まじりに言った。

「夏泉殿は、実の兄と密通して子を産んだということだ」

その言葉に、玲琳と風刃が同時に目を剝いた。雷真は苦い顔で歯を食いしばっている。否定の欠片すら出てこないのは、それがまぎれもない事実だからなのだろう。鍠牙がずっと隠していたのは——子供たちが守ろうとしたのは——珠理が脅しの材料に使ったのは——

玲琳はようやく見えた事件の裏側に身震いした。

けれど……それだけか……？　まだ何か欠けているような気がする。この違和感はいったい何なのだろう。

「……ならば珠理は何故お前と結ばれようとしていたの？　珠理はお前が兄であることを知らないの？」

玲琳の問いに、突き出された雷真の拳が震えた。

「……いいえ、珠理は知っていました。他ならぬ私が、あの子に……あの子とその母親にそれを告げました。自分が母と伯父の間に生まれた子であることを……。そのせいで伯母は死んだのです。私が伯母を殺しました。私は正しくないことをした……珠理は私をこの世の何より憎んでいる……だからあの子は私と結婚しようとしているんです。それがあの子の、私に対する復讐《ふくしゅう》だ……」

◇　◇　◇

「あなたのお父様がお亡くなりになったわ」

母からそう言われたのは十を過ぎた夏だった。

意味が分からなかった。父はまだ生きていたからだ。

死んだのは母の兄である伯父の方だ。

遺された伯母と従妹の珠理を、雷真は酷く案じていた。

そんな雷真に母は優しく微笑んだ。

「あのね、あなたはお父様の子供じゃないの。あなたの本当のお父様は……お亡くなりになった私のお兄様なの」

何を言われたのか理解できず、雷真は呆然とする。

母が不貞を働いて自分を産んだことは知っていた。

それでも、父が血の繋がらない雷真を無下にすることなく大切に育ててくれたことも知っていた。厳しい兄も、本当は雷真を大事にしてくれている。家人もみな雷真が苑家の血を引いていないと知っていても、優しく接してくれた。

なのに何故、母はこんな恐ろしいことを言うのだろう……

「これは私とあなただけの秘密よ」

そう言って、母は立てた人差し指を雷真の唇に添えた。

「……母上、どうして私を産んだのですか？」

雷真はそう聞いていた。

「それが私たちの宿命だからよ。どうしてもお兄様の子がほしかったの」

母はそう言って兄への想いを語り、雷真は己が何者であるかを知った。

「本当のお父様に最後のお別れをしてらっしゃい」

雷真は母に送り出されて、母の生家を訪れた。

その日が酷く暑かったことを、はっきりと覚えている。

泣きながら迎えてくれた珠理を、雷真は抱きしめ返した。

ずっと雷真を慕って懐いてくれる可愛い珠理……

無垢で純真で何も知らない可哀想な珠理……

これは正しくないことだと雷真は思った。

自分は正しくない生まれ方をしたのだ。こんなことは許されない。それを隠しておくことも、あまりに卑怯で許し難いことのように思えた。

だから雷真は——珠理と伯母に、自分が伯父の子であることを話したのだ。

母の代わりに謝罪したかった。そうすれば少しだけ許されるような気がした。

珠理と伯母は雷真の話を聞いて放心し、雷真を屋敷から追い返した。

二度とその屋敷を訪れることは許されなかった。

人づてに、伯母が酒に溺れていると聞いた。

そして半年後――伯母は酔って池に落ちて死んだ。

珠理は独りぼっちになった。

雷真が、自らの意志でそうしてしまったのだ。

自分が取り返しのつかない――正しくないことをしてしまったと雷真は知った。

自分には、彼女の復讐を余すところなく受ける義務がある。

だから今まで以上に珠理を大切にした。何からも守ろうとした。彼女がどれだけわがままを言っても、自儘《じまま》に遊んでも、悪いのは全て自分で珠理ではない。

それでも彼女に振り回されるのは苦しかった。自分の罪を突きつけられ続けるような気がしたからだ。

だから雷真は家を出た。

そうして楊鍠牙に出会ったのである。

清廉潔白完全無欠の絶対なる王。

この人についていけば、許されるような気がした。

陛下はあんな恐ろしく穢れた妻ですら受け入れた。

自分の居場所はここ以外にないと思えた。

しかし一年前、その安堵は母の思惑により吹き飛ばされた。

珠理と結婚……？

ありえない悍ましいことだ。

珠理が幸福になるためなら、命を投げ出しても構わないとすら思う。けれど、これは違う……絶対にしてはならないことだ。

しかし珠理は雷真を逃さない。

「私と結婚しなければ、あなたがどういう血のもとに生まれたのか、みんなにばらすわ。もちろんお兄様にもね」

珠理はそう言って雷真を脅した。

「そうなったら、あなたの大事なお兄様は困るでしょうね……？　弟の血筋がまさか……ね？　それが嫌なら私と結婚してよ。私、あなたの子供を産むわ」

それが雷真を黙らせる最強の言葉だと彼女は知っていた。

兄には……兄にだけは知られたくない。兄にはどれだけの恩があるか分からない。知られたら……兄を破滅させるかもしれない。

いや……違う。自分は本当のことを知った兄に侮蔑の目で見られるのが怖いのだ。

それは兄のためではなかった。

珠理が大切だ。あの子のためなら何でもしてやりたい。

兄が大切だ。兄の役に立つならどんな苦難にでも立ち向かえる。

しかしそれが両立することはなく、雷真は自己保身に走る己の弱さに絶望するのだ。

◇◇◇

「なるほど、お前が珠理の兄だということは分かったわ。ならばその血を寄越しなさい。珠理を呪うわ」

玲琳は雷真の手を摑んだ。

雷真はほんのわずかに驚きの表情を見せる。

「……私を悍ましいとは思わないのですか？」

「お前を？」

玲琳は侮蔑的にふっと笑った。

「私は毒と蟲を扱う蠱毒の里の次代の里長。お前ごときを悍ましく思うほど無能な蠱師ではないわ」

そう言うと、玲琳はいつも持っている小刀で彼の指先を切った。滴る血が玲琳の手のひらに伝わり、何故かぞわぞわと総毛だった。

玲琳は引き寄せられるように彼の傷へ唇を寄せた。

雷真は驚いたように手を引く。

その血の味が口内に広がり、玲琳は淡い吐息を漏らした。

そういうことか……憐れみのような喜びのような感情が胸に湧き、玲琳はこの事件の裏に隠れていた違和感の正体を知る。それを噛みしめながら腕を振ると、玲琳の袖口から薄紅色の蝶がひらりと舞った。

「呪いはお前にも降りかかるわ。我慢なさい」

玲琳の言葉に雷真はぐっと唇を噛んだ。

「さあ……いい子ね、この血を糧に舞いなさい。この血の香をたどり、一人残らず呪っておあげ……」

優しく命じると、蝶は雷真の血を啜《すす》り、薄紅色の羽を深紅に染めた。そしてひらひらと空を舞い、屋敷の外へと出て行った。

「追うわよ」

玲琳は声を張って屋敷を飛び出す。

苑家の馬を強奪し、蝶を追う。

その隣を鍠牙が、少し遅れて雷真と風刃がついてきた。

蝶は街中を舞い、通りを抜け、苑家の屋敷とは街を挟んで反対側へ飛んで行った。

「鍠牙、お前は雷真の秘密を知っていたのね」

馬を走らせながら玲琳は言った。隣を行く鍠牙は薄く笑う。

「さあ、何のことだか」

「とぼけるのはおやめ、お前は初めから雷真の秘密を知っていた。もしかして……雷真の本当の秘密も知っているの？」

わずかに振り返って背後を見ると、雷真が呪いに苦しみぜいぜいと息をしながらついてきている。

その問いに鍠牙は笑みを引っ込める。

「そうか、あなたが分からないはずはなかったな」

「ええ、私に分からないはずがないわ」

「ならば姫、あなたはこの先に待っているものも読めているのか？」

「この先……？」

「ああ……子供たちは珠理殿が夏泉殿を殺した犯人だと言った。本人も俺にそう言った。だが、それは本当か？」

その言葉に玲琳ははっとした。この男は雷真の本当の秘密を知っている。ならば、この事件のおかしさに気づかぬはずはなかった。

「さあ……この先には何が待っているのかしらね」

玲琳はうっすらと危うい笑みを浮かべてみせた。

蝶がその羽ばたきをやめて玲琳のもとへ戻ってきたのは、山のふもとにある一軒の屋敷の前だった。立派なのにどことなく寂れた印象があり、がらんどうの彫刻みたいに見える。

　玲琳は馬から下りて蝶を指にとまらせる。

「ここは？」

　問いかけると、遅れて追いついた雷真が痛みを堪えながら答える。

「珠理の生家です……伯父と伯母が亡くなってからは、もう誰も住んでいません」

「そう……珠理はここに帰ってきたようね」

　玲琳はそう言って門に手をかけた。

　門は軋《きし》んだ音を立てて開く。門の内側は雑草が生い茂り、庭園は見る影もなくなっていた。

　門をくぐると、入り口の扉が開いていた。まるで獲物を待ち構えた獣の口のようだと思いながら、玲琳は屋敷へ足を踏み入れた。鍠牙と雷真と風刃もそれに続く。

　屋敷の中は静かだった。玲琳は誘われるように奥へ奥へと歩いてゆく。すると、突き当たりにある部屋の扉が開いていた。

「珠理、ここにいるの？」

　そう問いかけながら部屋へ入る。するとそこには一人の女が立っていた。

　女はゆっくり振り返った。

「珠理！」

雷真が玲琳を押しのけるようにして叫んだ。

玲琳は眉を顰めて女を見据える。

「……お前は誰？」

玲琳は女に問いかけた。

「姫、人の顔を憶《おぼ》えないにも程があるな。あれは珠理殿だ」

鍠牙が呆れたように小声で言った。

玲琳はますます眉根を寄せた。

「いいえ、珠理ではないわ。あれは誰なの？」

玲琳は興味のない人の顔を憶えない。人を顔形で記憶していないからだ。動きや、気配や、眼差し、匂い、そして毒……そういったもので玲琳は人を記憶する。故に、顔立ちでは記憶できない。

目の前に立つその女は……今まで見てきた珠理とは明らかに違う人間だった。しかし、不思議と見覚えがあるようにも思う。

いったいどこで、玲琳はこの女に会ったのか……

「あなたもいらしたのですね……お妃様……」

柔らかな声音が玲琳の耳朶を打つ。その響きにも覚えがあった。全てが繋がり、思わず瞠目する。

「お前……夏泉ね？」

その呼びかけに雷真は愕然《がくぜん》とし、女はうっとりと微笑んだ。

玲琳はしばし放心し、彼女に微笑み返した。

「さっきやっと分かったのよ、私の術が上手く発動しなかったのは当然ね。私はお前を殺そうとした犯人を術で辿ろうとしたけれど、そんなものが上手くいくはずはないわ。だって犯人はもう死んでいるのだもの。お前を殺害した蠱師……それはお前ね、苑夏泉。お前は……自分で自分を殺したのでしょう？　蠱師のお前が簡単に毒殺などされるはずはないのだから」

違和感の正体――そして雷真の本当の秘密――それがこれだ。

玲琳は傍らに立つ雷真を見やる。雷真は呆然と珠理を――いや、母親を見ていた。

「お前が私を嫌っている理由がようやく分かったわ。雷真、お前……蠱師の血と才を受け継いでしまったのね。お前は自分の血を疎んじていて、だから私を嫌ったのね」

雷真は答えず、苦い表情で黙り込む。その態度こそが答えだった。

普通蠱師の才は男に伝わらないが、彼は紛れもなくその才を受け継いでいる稀《まれ》な男なのだ。彼の血には確かに蠱師の匂いがした。蠱師を疎んじるこの土地で生まれ育った彼にとって、己の血は耐え難いものに違いない。

後ろにいた風刃が、何とも言えない動揺を顔一面に張り付けている。彼は蠱師に憧れながら、蠱師の血を引いていない。蠱師の血を受け継ぎながら蠱師を疎んじる雷真とは、皮肉なほどに真逆ではないか。

玲琳は夏泉に向き直った。彼女はうっとりと微笑んでいる。玲琳の目には夏泉に見えているが、鍠牙の言を信じるならばこれは珠理らしい。つまり珠理は、蠱術で夏泉に操られているのだ。

死んでなお、人を操る術者……玲琳は夏泉を見据えた。

「お妃様……あなた様にお会いできて私は本当に嬉しかった」

夏泉は祈るように両手を合わせ、甘やかな吐息と共に言葉をもらした。

「どうかお怒りにならないで……私の話を聞いてほしいのです」

話す姿はどう見ても夏泉にしか見えない。彼女は遠い目で語りだした。

「私の母は飛国の蠱師でした。しかし追放され、魁へ流れ着いて父に見初められたそうです。母は誇り高い蠱師でした。私にも蠱師であれといつも言っていました。だから私は私の血を……この蠱師の血を……絶やすわけにはいかなかったのです」

「……だからお前は兄と契ったのね？」

「人の心を操る術は、飛国の蠱師の神髄ですので」

それはつまり、兄の意に反して交わったということか……

「蠱師の血を薄めたくありませんでした。母も私もあなた様のように偉大な蠱師ではないのですから……だからせめて、血の濃さを保たなくては……」

「だから雷真と珠理を番《つがい》にしようとした？　兄妹同士で交わり生まれた子らを、また兄妹で掛け合わせようと考えたの？　愚かね、そういうことを続けると命を縮めるわ。どこかの蠱毒の民みたいに」

「ええ……私も兄も長くは生きられませんでした。そういう宿命のもとに生まれたのです」

「真に偉大な蠱師だった私の母は、そういう蠱師たちを頭が悪いと切って捨てたわ」

玲琳は乱暴に手を振って夏泉の言葉を否定する。夏泉は少し悲しげな顔になった。

「それでも私は蠱師の血を守らなくては……それなのに、珠理はあの夜どういうわけだか雷真との結婚を諦めると言い出したのです」

その言葉に玲琳を含め全員が驚いた。雷真に対して異常な執着を見せていた彼女が、そんなことを言うなどにわかには信じられなかった。

「あなた様が屋敷へいらしたあの夜のことです。どうやら雷真には他に相手がいるようだから諦める……と」

その言葉に雷真は一瞬怪訝な顔をし、たちまち狼狽の色を浮かべた。

息子の動揺を置き去りに、夏泉は言葉を繋ぐ。

「信じられない気持ちでした。珠理が私を憎んでいるのは知っていましたが、雷真との結婚は心から望んでいると思っていたのに……」

「へえ？　珠理に憎まれている自覚はあったのね」

夏泉の遺体が安置された地下室で、珠理が見せた顔を思い出す。夏泉は穏やかにゆっくりと頷いた。

「珠理が私を殺そうとしていることは知っていました。この子もわずかながら蠱師の才を受け継いでいます。勘が鋭く、人の内側を容易《たやす》く覗く。私を殺すための毒を必死で作っている姿は愛しいものでした。この子の毒で死んでやりたい思いはありましたが、それでは我が一族の血が途絶えてしまいます。ですから私は殺される前に残った自分の命を使い、最期の術を発動させたのです。私の意志をこの世に遺《のこ》し、想いと血を繋ぐための術を……。私の最期の術を見ていただきたくて、私はあなた様の前で死にました」

重くまとわりつくような告白だった。しかし玲琳はたじろぐことなく話を続ける。

「珠理も、鍠牙の命を狙ったあの侍女も、みんなお前が操った？」

「ええ、珠理は陛下にことのほか関心を抱いていましたから、陛下が珠理を気に入って珠理を穢すようなことになっては大変だと思ったのです」

「そのために一国の王を殺そうと？」

「まあ……一国の王など、所詮蠱師の足元にも及ばないではありませんか。可愛い珠理を穢されてはたまりませんわ」

「同感だわ。それで排除しようとしたわけね」

「はい、偉大なる蠱師のお妃様には、お目汚しかと思いますが」

そこで玲琳は小さくふっと笑った。

「自在に人を操るお前の術は、弱くとも見事だったわ」

途端、彼女の瞳が歓喜に震えた。

「ああ……故郷を追われて無念の内に亡くなったお母様が、どれほどお喜びになるでしょう……この偉大な蠱師に私たち一族の術が褒められるなんて……」

「満足したならその体を解放しなさい。お前はもう、死んだのだから」

「はい……私はもうすぐ消えてしまうことでしょう。ですがその前に、どうしてもやっておかなくてはならないことがあるのです」

その言葉に玲琳は嫌な予感がした。しかし嫌な予感がしながらも聞いた。

「何をするつもり？」

「私はもはや、雷真と珠理の婚姻を望んではいません。大切な息子と姪《めい》がそこまで拒むのなら、それは仕方がないことなのでしょう……」

寂しげに首を振る。そして——

「その代わり、珠理に雷真の子を産ませたいのです。それ以上はもう望みません」

はっきりと言われ、雷真はぞっとしたように青ざめた。

そんな息子に、夏泉はどこまでも優しく微笑む。

「雷真と珠理が今すぐ交わって子を生《な》すのなら、私はおとなしく消えましょう」

「雷真が嫌だと言ったら？」

「拒むなら、喬鎧を殺します」

夏泉は笑みを湛《たた》えたまま平然と言った。

「彼の命が惜しければ、珠理と子を生しなさい、雷真」

そう言って夏泉は己の胸を押さえた。

雷真は真っ青なままわなわなと震えた。

「兄上に……何を……」

その呟きはすぐに消えた。部屋の奥から死人のような顔で喬鎧が歩いてきたのだ。

「断るのなら、可哀想ですが彼には亡き者になってもらうしかありません」

夏泉はゆるゆると首を振った。

「私もそんなことはしたくないのです。喬鎧は心優しく、私にもよくしてくれました。ですから雷真……お母様の言うことを聞いてくれますね？」

雷真は喉元に剣を突きつけられたかのような恐怖の表情で凍り付く。

玲琳は鋭い目で夏泉を睨んだ。この女にこれ以上何を言えばいいのか……

より優秀な種を求めるのは蠱師の性《さが》だ。血と智を繋いで蠱師はその存在を保ってきた。しかし、そのために寿命を削ることを玲琳は良しとしない。それは率直に言って資源の無駄だと玲琳は思っている。近しい血縁間で無理矢理交配させることを、蠱毒の里の次期里長である玲琳は奨励しない。それは滅びの道だ。しかし——他の蠱師を知らず母親だけを見て育った夏泉に、それが理解できるだろうか……？

玲琳が思案していると、一番後ろにいた風刃が突然ずかずかと前に出た。

「おい、ババア！」

彼はいきなり怒鳴った。その暴言に一同度肝を抜かれる。風刃は構わず夏泉を睨む。

「こいつはてめえの家畜じゃねえぞ。産んだてめえは神か何かか？　てめえらは何だってそう、ガキを食い物にしようとするんだ！」

その怒声に皆が呆気にとられた。怒鳴られた夏泉すらも、驚きを隠せずにいる。

「死人はおとなしく死にやがれ」

ぎりっと歯嚙みして風刃は彼女に剣を突きつけた。

「まあ……なんて恐ろしい……皆に守ってもらわなくては」

夏泉が首を振ったその時、部屋の奥からぞろぞろと幽鬼のごとき人々が出てきた。

「驚いたな……家人を操っているのか……」

鍠牙が声を低めて呟いた。どうやら彼らは苑家の家人たちらしい。

「さて、どうする？　姫。あなたが望むなら全員斬り捨ててもいいが……」

あまりの提案に玲琳は苦笑する。

無論彼は本気で言っているし、玲琳が一言応と答えればたちまち実行することだろう。ろくに武装していない彼らが助かることはあるまい。

「無体なことをするのはおやめ。術が解ければそれですむことよ」

「解けるのか？」

「誰に聞いているのかしら」

玲琳は獰猛《どうもう》な笑みを浮かべ、夏泉に向き直る。

「夏泉……お前に会えて嬉しかったわ。お前と話せたことは楽しかった。蠱毒の民ではない蠱師に出会ったのは久しぶりだったわ。お前と出会えて本当によかったと思っているのよ」

そう告げると、夏泉は陶酔した表情を浮かべた。

「まあ……そう言っていただけて嬉しい」

「ええ、だから夏泉……お前のことはこの私が殺してあげるわ。死出の餞《はなむけ》に私の術を受け取るといい」

そう言うと、玲琳はゆっくり両手を広げた。

「さあ……みんな出ておいで……」

その声に応じ、玲琳の袖口や裾からぞろぞろと蟲たちが這い出てきた。

夏泉の瞳が歓喜に輝く。

「ああ……何と美しいのでしょう……」

「私の声をよくお聞き……彼らを全員捻《ね》じ伏せて、身動き一つとれないようにしてお
あげ……」

玲琳はゆったりした動きで苑家の家人たちを指さした。

剣呑な気配を纏った蟲たちは、一斉に彼らへ襲い掛かる。

家人たちはもがき苦しみ、屋敷の中は阿鼻《あび》叫喚《きょうかん》の巷《ちまた》と化す。

そんな中、玲琳は真っ直ぐ夏泉へと歩み寄った。

「お前に本物の蠱師の力を教えてあげよう」

玲琳はそう告げると、夏泉の頬を優しく摑んだ。大きく口を開き、彼女の口を塞ぐ。

そこへ思い切り息を吹き込むと——夏泉は苦しむように暴れた。玲琳の口からありえないほど巨大な毒百足《どくむかで》が這い出て、夏泉の体内へと入ってゆく。

「あああああああああ！」

夏泉はその場に倒れてのたうち回った。

「苑夏泉……お前は自らが選んだ宿命のままに死になさい」

玲琳の酷薄な命令が響き渡ると、夏泉はばったり倒れて動かなくなった。

「さようなら、お前と会えてよかったわ」

玲琳は消え入るような声で呟いた。そして――

「さあ、起きなさい、珠理」

再び命じると、夏泉は――いや、珠理はよろよろ上体を起こした。顔を上げ、玲琳を見上げたその瞳は、確かに珠理のものだった。彼女はしばし呆然とし、

「私は……何をしてたの？　今のは……夏泉様……？」

「ええ、お前は彼女に操られていたわ」

すると珠理は信じられないものを見るように己の手の平を見下ろし……嘲笑った。

「あはは……ここまでして自分の血を残したかったの？　やっぱり蟲師なんて……汚らわしくて悍ましい化け物だわ」

「ええ、否定しないわ」

玲琳は鷹揚に微笑む。

「ところでお前、雷真との結婚を断ったそうね」

突然切り替わった話に、珠理はふいっと目を逸らした。

「……勝てない戦いはしない主義なの。だから……夏泉様に毒を飲ませて、それでもう終わりにしようと思ったのよ。あの人が死んでも死ななくてもね……」

「賢明だわ」

玲琳は爽快に笑って辺りに目を向けた。

玲琳の蟲に襲われた苑家の家人たちは、夏泉の消滅と共に意識を失い倒れている。

これらに収拾をつけねばなるまい。

「ところで私は蠱師として実は一つ過ちを犯したわ」

突然の告白に一同の目が集まる。何という屈辱だろうかと思いながら玲琳は言葉を紡ぐ。

「夏泉が蠱毒で殺害されたというのは私の勘違いだったの。彼女は病で死んだのよ」

「お妃様、それは……！」

雷真が口を挟みかけたが、玲琳は目線一つでそれを制した。

「それを珠理に追及されて腹が立って、だから苑家の家人たちを操って珠理を黙らせようとしたのだけれど……みなに知られて失敗してしまったわ」

珠理の瞳がみるみる大きく見開かれる。玲琳は瞬きもせず珠理を見据えた。

「夏泉は殺されたりなどしなかった。この件に蠱毒など介在していなかった。この場所に私以外の蠱師などいなかった。相違ないわね？　珠理」

それは脅しだった。このおとぎ話を呑み込むならお前を許してやる――と、玲琳は暗に言っているのだった。

珠理は呑まれたようにしばし凍り付いていたが、

「……ええ、相違ないわ」

そう答える。玲琳は満足そうに微笑んだ。

「ならばもうこの地に用はないわ。みなで王宮へ帰るとしましょう」

そう言って珠理に背を向け、雷真の方を見る。

「雷真、お前も一緒に帰るのよ。お前は私の可愛い娘の信頼する護衛役。それ以外の何者でもないのだからね」

玲琳の強い言葉に、雷真は突き飛ばされたかのように一歩よろめき——その場に跪いて無言で礼を取る。

少し離れてそんな彼を見下ろしていた鍠牙がややあって近づいてきた。

「雷真、お前に一つ言っていなかったことがある」

「……？　何でしょうか？」

「俺はお前や珠理殿と同じだ。母親がそうだった。俺は残念ながら才は受け継いでいないがな」

雷真はその言葉の意味が理解できなかったらしく、少しのあいだ考えこんでいたが、突然はっとしたように顔を上げた。

彼が理解したと察して鍠牙は一つ大きく頷いた。

「俺にはお前の気持ちがよく分かるよ。お前がその生まれのことで思い煩っているのも知っていた。だから、どうにかしてやりたかった」

　どこまでも真摯に告げる。

「妃ならお前を救えるんじゃないかと俺は考えたんだ。そのために妃をここへ寄越した。だが、それが逆にお前を苦しめる結果になったのなら謝ろう」

「いえ！　そのようなことはありません」

　雷真は叫びながら立ち上がった。

「私の方こそ、陛下を疑ってしまうなど……申し訳ありませんでした」

　彼は目に涙を滲ませていた。

　自分への態度とずいぶん違うではないかと思いながら、玲琳はふっと笑った。

「さあ、みな行くわよ。子供たちも待っているでしょうからね」

終　章

その後、雷真と珠理の間でどんな話し合いがなされたのか玲琳は知らない。

ただ、縁談はなくなったとだけ聞かされた。

あの兄妹は……いつか本当の兄妹になれるのだろうか……

とはいえ、玲琳がそれを知るためにあの土地を訪れることはもうあるまい。

玲琳のおとぎ話は一瞬で苑家の人々に浸透し、玲琳は魔王のごとく忌み嫌われてしまったからだ。

まあ、誰にどう嫌われたところで痛くもかゆくもない玲琳は、王宮へ戻っても相変わらずの日々を過ごしていた。

その日は朝から雨が降っていて、玲琳は毒草園へ出ることを諦め鍠牙の部屋に籠っていた。

火琳と炎玲も退屈を持て余して絵を描いたり書物を読んだりしていたが、いつの間にか二人丸まって眠ってしまっている。

玲琳は長椅子に座り、心地よい雨音に耳を傾けながら窓の外を見ていた。

「姫、何を考えているんだ？」

仕事を一休みして戻ってきた鍠牙が、長椅子の手すりに手をかけて聞いてきた。

玲琳は姿勢を変えて彼を見上げる。

「お前のことを考えていたわ」

「ほう、それは嬉しいな」

鍠牙は底の見えない笑みを浮かべた。

「お前が雷真についた嘘のことを考えていたのよ」

すると鍠牙から笑みが消えた。

鍠牙は雷真に、彼を救うため玲琳を苑家へ寄越したと言っていた。けれど……

「雷真を救おうとしたなんて嘘でしょう？」

鍠牙は雷真と自分の状況を重ねて彼に同情しただろう。救いたいとは思ったかもしれない。だがやはり、彼がそんな理由で玲琳を遠くへやるなどありえないのだ。この疑問だけが、玲琳の中に残り続けている。

「何故私を苑家へ行かせたの？」

「いや、前にも言ったじゃないか。あなたが喜ぶだろうと思っただけだ。あなたは蠱毒の里からも便りがなく退屈だと言っただろう？」

確かにそれは聞いた。

「けれど、旅をしたくらいで私が……」

そこまで言って玲琳はようやく気が付いた。

違う——遠出することを言っているのではない。

鍠牙は最初から雷真が蠱師だと知っていた。その母が蠱師であることももちろん分かる。そんな女が玲琳に会いたがっているとなれば……不穏な事態が起こることなど容易く想像がつく。玲琳が蠱師として蠱術を振るう機会がやってくるのだ。

「まさかお前……本当に私を楽しませるためだけに私をあの家へ行かせたの？」

玲琳は啞然としながら夫を見上げた。

この男は、蠱師である玲琳を楽しませるためだけに、忠実な臣下を生贄にしたのか。

あの地で起こった事件は全て、鍠牙にとって歓迎するものだったのだ。玲琳のちょっとした退屈を解消する、いい玩具《おもちゃ》だとでも思っていたのだ。

「いや、だからずっとそう言っているだろう？」

今更何をという風に彼は笑う。

「楽しい一時を過ごしてくれたか？　俺の姫」

玲琳はもう呆気にとられるしかなかった。この男は本当に……

「お前は……本当に済度し難い毒の化生ね、いずれ地獄へ堕《お》ちるわよ」

「お褒めに与り光栄だ」

鍠牙は嬉しげに言い、玲琳の頬に触れて顔を寄せてきた。玲琳は呆れながらもそれを受け入れようとし——しかしその直前で、鍠牙ははっと横を向いた。

敷布に転がって寝ていたはずの火琳と炎玲がいつの間にか目を開けていた。彼らはぱっと誤魔化すように顔を伏せ、くうくうと寝たふりをする。

「さあ、続きをどうぞ」

玲琳は揶揄するように言う。鍠牙は渋面で玲琳と子供たちを交互に見やると、玲琳の頬に軽く口づけ、耳元で囁いた。

「地獄へは、あなたも一緒に落ちてくれるんだろう？」

その毒めいた声にぞくりとする。

まったく、本当に済度し難い……玲琳は自分にそう呆れながら、くすぐられるように笑った。

本書のプロフィール

本書は書き下ろしです。

小学館文庫

蟲《むし》愛《め》づる姫君《ひめぎみ》
寵妃《ちょうひ》は恋《こい》に惑《まど》う

著者　宮野美嘉《みやのみか》

二〇二一年八月十一日　初版第一刷発行

発行人　飯田昌宏
発行所　株式会社 小学館
〒一〇一-八〇〇一
東京都千代田区一ツ橋二-三-一
電話　編集〇三-三二三〇-五六一六
販売〇三-五二八一-三五五五
印刷所――――図書印刷株式会社

ISBN978-4-09-407055-2